영희 씨,
희망을
쏘아 올리다

영희씨,
희망을 쏘아 올리다

2008년 12월 30일 초판 1쇄 인쇄
2009년 1월 5일 초판 1쇄 발행

지은이 | 김영희
펴낸이 | 김태화
펴낸곳 | 파라북스

주 간 | 이성옥
기 획 | 조은주, 홍효은
마케팅 | 박경만
관 리 | 이연숙

등록번호 | 제313-2004-000003호
등록일자 | 2004년 1월 7일
전화 | 02) 322-5353
팩스 | 02) 334-0748
주소 | 서울특별시 마포구 서교동 343-12
홈페이지 | www.parabooks.com

ISBN 978-89-93212-09-9 (03810)
Copyright ⓒ 2008 by 김영희

*값은 표지 뒷면에 있습니다.

영희 씨, 희망을 쏘아 올리다

김영희 지음

파라북스

그의 생활이 인간승리의
표본이 되기를

김영희 씨의 책 출판을 진심으로 축하드립니다. 마음속으로부터 뜨거운 응원을 보냅니다.

지금으로부터 약 30년 전 김영희라는 여고 농구선수가 국가대표에 발탁된 걸 기억합니다. 점보시리즈 개막 첫해엔 득점상, 리바운드상, 자유투상, 인기상, 최우수 선수상까지 5관왕을 달성했고 국내무대에서는 오랫동안 깨지지 않았던 한 경기 최다 60득점이라는 기록을 세웠습니다.

그후 1984년 LA올림픽에 출전하여 우리나라 구기종목 사상 최초로 은메달을 획득한 올림픽 은메달리스트이기도 합니다.

그런 김영희 선수가 현재 말단비대증, 일명 거인병을 앓고 있다는 소식을 처음 접했을 때 저는 많은 충격을 받았습니다.

한국여자농구를 이끌고 국민의 환호를 한몸에 받았던 화려한 뒤안길에 이처럼 큰 고통이 있을 줄이야!

병든 몸과 어려운 생활 속에서도 경기장에 나와 후배들을 격려하고 조언해주는 김영희 씨는 정말로 존경스럽습니다. 그의 생활이 인간승리의 표본이 되기를 기도합니다.

어려운 생활 속에서도 더 어려운 사람들을 도와주고 있는 김영희 씨와 여자농구를 아끼시는 많은 분들이 이 책을 읽어주셨으면 하는 바람입니다.

다시 한 번 김영희 씨의 책 출판을 축하드리고 힘든 생활 속에서도 열심히 살고 있는 김영희 씨 앞날에 행복이 함께하길 기원합니다.

감사합니다.

한국여자농구연맹 총재
김원길

그녀의 메시지가 주위를 밝히는 무지개빛이 되기를

12월에 접어든 한겨울, 종로 사옥(社屋)에서 청계천 물줄기를 잠시 내려다보니 문득 지난 여름 우연히 마주친 무지개가 떠오른다. 한여름 도심 안의 시원함을 찾으러 온 사람들이 그 예고 없이 떠오른 무지개를 보며 즐거워했던 모습도 함께 스쳐간다.

빨. 주. 노. 초. 파. 남. 보…… 7가지 무지개색.

각각의 빛깔은 보는 사람마다, 보는 상황이나 기분에 따라 좋고 싫음이 천차만별일 터이나, 모두가 모여 이룬 무지개빛은 남녀노소 모두에게 왠지 모를 기분 좋음을 선사한다. 우리네 인생도 그 오묘한 무지개빛을 닮아갈 수 있다면 더없이 좋을 것이다.

1980년대 전성기를 구가했던 여자실업농구. 일사불란한 코트의 함성. 경기 시작 휘슬과 함께 재빠른 선수들의 숨쉴 틈 없는 공격과 방어의 움직임. 숨가쁨과 땀 흘림 속에 마지막 0.1초까지 역전의 희망을 가질 수 있는, 그 무엇보다 다이내믹한 스포츠.

그것이 농구다.

김영희, 그녀의 삶도 농구를 닮아 있다.

김영희 선수는 고등학교를 갓 졸업하고 우리 한국화장품 농구단의 식구가 된 농구 스타다. 프로농구가 출범하기 전까지 80년대 젊은 이들의 사랑과 응원을 한몸에 받았던 실업농구. 그녀는 2m가 넘는 장신에 빛나는 철벽 수비로 팬들의 사랑도 듬뿍 받았다.

그녀가 84년 LA올림픽 메달리스트로서 모국에서 펼쳐질 88올림픽을 향해 땀 흘리던 중, 갑작스런 뇌종양 판정과 수술로 코트를 떠나게 된 것은 우리 모두에게 안타까운 일이었다. 이후 소위 거인병(말단비대증)이라는 희귀병에 걸려 있음을 뒤늦게 발견하고 힘겨운 투병생활을 하게 된 것은 더더욱 마음 아픈 일이 아닐 수 없었다.

그런 그녀가 마침내 자신의 이야기가 담긴 책을 펴냈다. 지금까지 형형색색 요동치는 제각각의 빛깔과도 같았던 그녀의 걸어온 길이 이제 하나의 은은한 무지개빛으로 사람들에게 다가갈 준비를 하는 첫걸음이 아닐까.

희망으로 가득한 그녀의 메시지가 주위를 은은히 밝히는 무지개빛 역전을 일으킬 것임을 믿어 의심치 않는다.

(주)한국화장품 대표이사 회장

林忠憲

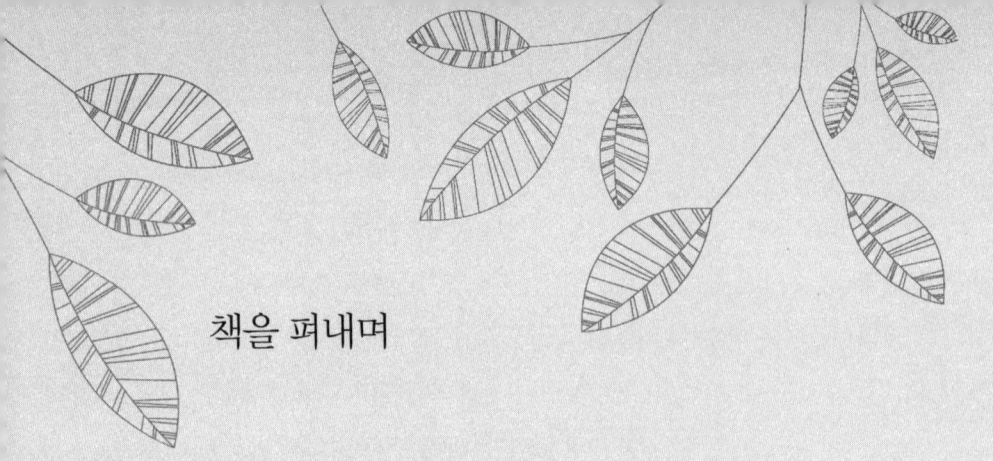

책을 펴내며

농구선수 시절 뇌종양으로 불운의 은퇴를 한 1987년 이후 15년 동안 내 인생은 줄곧 내리막길이었습니다.

2m가 넘는 장신은 코트에서는 환호를 받았지만 경기장을 벗어나면 어디를 가더라도 조롱거리에 불과했지요. 골리앗 같은 거구의 몸을 보는 사람들은 내가 무서워 달아나기 바빴습니다. 수치심과 굴욕만이 나의 온몸을 휘감았습니다. 나는 늘 외로웠습니다.

나에게 유일한 친구이자 보호자였던 어머니마저 돌아가시자 나는 6개월 동안 식음을 전폐한 채 당신이 계신 하늘나라로 가기만을 꿈꾸었습니다.

마음은 상처로 얼룩져 만신창이가 됐고 몸은 무거워 두 발로 서 있기조차 어려웠습니다. 설상가상으로 아버지마저 2년 후 암으로 세상을 떠났습니다.

내 영혼에 쌓인 잿빛 앙금은 나에게 존재의 이유를 앗아갔습니다. 죽음만이 내 영혼을 편안히 해줄 거라고 생각했지요.

나는 8평 단칸방에서 커튼을 내린 채 세상과 담을 쌓았습니다. 한 줄기 희망의 빛도 없이 무기력과 절망뿐인 공간에서 독한 술로 내 자아를 학대했습니다. 선수시절부터 나를 괴롭혔던 위궤양은 점점 악화돼 물 한 모금 제대로 넘기기가 쉽지 않았지요.

한겨울 난방도 되지 않는 방에서 미열로 흩어지는 내 체온만으로는 세상의 슬픔과 두려움을 녹일 수 없었습니다. 내가 할 수 있는 유일한 일은 살아온 날들을 정리하는 글을 적는 것이었습니다. 그 노트에는 죽음의 그림자가 아른거렸습니다.

2002년 낙엽이 뒹구는 만추의 어느 날, 나는 우연히 한 방송국의 도움으로 병원 진단을 받은 결과 거인병으로 불리는 말단비대증으로 판명이 났습니다.

그 거인병이 어린 시절부터 내 목숨을 재촉하고 있는 줄 몰랐습니다. 당장 치료를 하지 않으면 심장까지 커져 목숨이 위험하다는 진단을 받았습니다.

집으로 돌아와 사흘 밤낮을 울면서 결심했습니다. 치료받을 돈도 없을뿐더러 그 후유증을 견딜 자신이 없었습니다. 의사선생님에게 내 진심을 밝혔습니다.

"차라리 죽음을 택하겠습니다."

그러나 다행히 병원측의 도움으로 살아나자 어머니의 유언 같은 말씀이 떠올랐습니다.

"너는 시집도 못갈 텐데 남에게 베풀고 살아야 외롭지 않단다."

내 수입은 매월 연금으로 받는 20만원이 고작이었지만 5만원
만 생활비로 쓰고 나머지 돈을 이웃들에게 베풀기 시작했습니
다. 며칠을 굶은 할아버지들을 부모님 모시듯 하며 식사를 대접
했습니다. 할머니들과 어울려 호박죽을 끓이고 수제비를 만들어
먹으며 돌아가신 어머니를 생각했습니다. 소녀가장을 조카로 삼
은 후 이제 헤어질 수 없는 사이가 되었습니다. 장애우 시설을
찾아 그들의 온전치 못한 몸을 보며 연민과 회한의 눈물을 흘렸
습니다.

그런 시간이 계속되자 나를 꺼리던 이웃들이 가족처럼 환하게
미소지으며 다가왔습니다. 그리고 먹을 것, 입을 것을 준비해 나
보다 못한 이웃들을 찾아 나서자 동네 이웃들이 적극적으로 나
서며 도와주었습니다.

이제 단칸방의 커튼을 활짝 열어젖혔습니다. 세상의 외로움과
두려움이 사라지고 사랑과 기쁨이 가득 밀려왔습니다. 내 가슴
은 감사와 평화로 가득합니다. 이것이 행복이라고 하는 것인가
요? 되로 주고 말로 받는 것이 인정이었습니다. 어느 날부터 나
를 그토록 괴롭혀왔던 위궤양도 깨끗이 사라졌습니다.

내 몸은 평생 치료를 받아야 하겠지만 이제 내가 꿈꾸는 행복
이 어디 있는지 알았습니다. 잃어버린 20년을 다시 찾은 느낌입
니다. 그 세월의 흐름을 인정할 수 없어 나는 선수생활을 은퇴했
던 스물일곱 살에 머물러 있었습니다. 이제 40대 중반의 나이가
됐지만 지나간 세월을 후회하지 않습니다.

나는 한동안 중단했던 글을 다시 적어 내려가기 시작했습니

다. 근심과 낙담, 절망과 회피의 언어가 사라지고 대신 희망과 행복이 행간을 메웠습니다.

　내가 다시 세상과 소통하고자 펴내는 이 책은 내가 전하고 싶은 희망의 메시지입니다. 세상에서 버림받았던 한 여자가 따뜻한 사랑의 샘물을 퍼올리고 희망의 숯을 쏘아 올리는 이야기입니다. 제가 행복하게 사는 이야기에 귀를 기울여보시지 않으시겠습니까.

2008년 12월
김영희

::차례::

CHAPTER 1

내 영혼의 뒤안길에서 만난 행복

절망의 끝자락에 묻어오는 것은

어릴 적에 동화로 읽었던 《걸리버 여행기》가 생각난다. 주인공 걸리버는 항해 중에 난파를 당해 표류하다가 키가 6인치 정도의 소인들이 사는 소인국에 도착한다. 소인들은 겁을 잔뜩 먹고 문을 걸어 잠근 채 숨죽이며 거인을 지켜본다. 군인들이 총출동하여 거인을 밧줄로 묶어보려 하지만 뜻대로 되지 않는다.

책을 다 읽고 나서 상상에 잠겼다. 만일 우리 동네에 그런 거인이 나타나면 어떻게 될까. 그런 생각을 하는 순간 공포심이 몰려와 이불 속으로 숨었던 기억이 있다. 내가 그런 거인이 되리라고는 꿈에도 생각지 못했다.

초등학교 때부터 쑥쑥 자라기 시작한 키는 여고생이 되자 2m에 육박했다. 교실에 있는 내 책상과 걸상은 특수 주문해 만들었다. 실업팀에 입단한 지 3년차 되던 해인 1983년 내 키는 무려

2m를 넘어서고 있었다. 말 그대로 하늘을 찌를 듯한 장신에 손과 발 역시 항공모함처럼 커져 있었다. 합숙소에서는 내 키에 맞는 침대가 없어서 침대 끝에 소파를 덧붙여놓고도 다리를 잔뜩 구부리고 자야 했다.

보통 남자들 손은 내 앞에서는 아기 손에 불과하다. 국가대표팀 시절 감독님은 내가 나무젓가락을 들고 있으면 "영희야, 너는 왜 식사도 하기 전에 이쑤시개부터 쑤시냐"고 지청구 아닌 지청구 하기 일쑤였다.

모처럼 버스라도 타는 날에는 등이 천장에 닿아 고개를 한참 숙이고 가야 하는 불편함 끝에 생각해낸 것이 환기통 밖으로 머리를 내놓는 것이었다. 그런 나를 보며 승객들이 너나 할 것 없이 키득거리자 그 소리에 운전기사 아저씨가 운전을 하다 룸미러로 동태를 살폈다. 그런데 사람은 있는데 머리통이 없는 게 아닌가! 기겁을 한 운전기사 아저씨가 급브레이크를 밟는다. 이러저러 내 머리에는 혹이 가라앉을 날이 없었다.

선수시절에는 팀이 항상 버스로 이동하느라 택시 탈 일이 그다지 많지 않았다. 그러나 은퇴 후 사회인이 되어서는 대중교통 이용도 여의치 않아 택시를 이용한다. 택시를 잡으려고 서 있으면 대부분이 그냥 지나쳐버리기 일쑤이다. 나를 태웠다가는 타이어에 펑크가 나 차가 제대로 굴러가지 못할 것으로 보였던 모양이다.

택시를 타면 자세를 바로 세우면 안 되고 뒤로 비스듬히 드러누워야 한다. 물론 내가 앉은 뒷좌석은 무게를 이기지 못하고 푹

꺼져버린다.

1993년 무렵 운전을 배우기 위해 운전학원을 찾았다. 지금은 구경조차 할 수 없는 승용차 포니2로 연습을 해야 하는데 내 몸은 운전석에 구겨넣기조차 어려웠다. 그나마 조금 큰 봉고차로 연습을 하려 했지만 그조차 무릎이 꽉 조여 조금도 움직일 수 없었다. 결국 두 손을 든 운전강사가 나에게 다른 길을 권했다.

"대형 트럭이나 버스를 몰면 되겠네요!"

청계천 상가를 걸어다니다 보면 머리가 간판에 받치는 건 다반사였다. 화가 난 나머지 망치로 모조리 부숴버리겠다고 씩씩거리자 상가 주인들이 깔깔거리며 배를 잡는다. 내 큰 키는 농구할 때 말고는 이렇게 장애투성이였다.

큰 키는 내놓고 말하기가 부끄럽지만 마냥 웃고 넘어갈 일이 아닐 정도로 나로서는 심각했다. 초등학교 시절부터 남보다 머리 하나는 더 큰 키로 인해 나는 늘 아이들의 놀림감이었다. 그러던 것이 사회생활을 할 때는 거인의 형체가 되어 남들이 꺼려하는 기피인물이 되어버렸다.

지난 세월 선수로서의 불운과 부모님과의 사별 등 갖가지 시련을 견뎌내지 못한 채 15년을 어둠 속에 갇혀 살았다. 내게는 잃어버린 시간이었다. 나의 타고난 신체적 특징이나 결함은 마음에 생채기가 되어 나를 우울증에 시달리게 했다.

세상사람들의 값싼 동정 따위는 그래도 세월이 흐르면서 견딜 만했다. 한때는 국가대표 농구팀 선수로 올림픽에 참가해 메달까지 땄던 화려한 날들은 추억으로 묻어두면 그만이었다.

그러나 내 큰 키는 거인병의 증상이었고 그로 인해 뇌종양, 당뇨 등 각가지 질병이 나를 찾아들었다. 그 거인병이 바로 어린 시절부터 내 목숨을 야금야금 갉아먹고 있을 줄은 꿈에도 모르고 있었다.

2002년 늦가을 어느 날 아침, 집 앞에서 까치가 시끄럽게 울어댔다. 반가운 손님이라도 찾아오려나 커튼을 젖히고 밖을 내다보았다.

선수로서의 생활을 접고 집으로 돌아온 후 15년이 되도록 누구하나 찾아오는 사람이 없었다. 절망의 늪에서 헤어나지 못하고 문을 꽁꽁 걸어 잠근 채 죽을 날만 기다리고 있는 사람 같았다.

그때 나에게는 희망이 없었다. 절망의 끝자락에 붙어 있는 것이 희망인 줄 모르고 있었다. 세월은 내 이마에 주름살로 남았고 끝도 없는 절망감은 내 영혼에 깊은 상처로 남아 있었다.

그 무렵 나는 우울증 치료약을 먹고 있었다. 함께 살던 동생 가족이 지방으로 이사를 가고 혼자 살게 되면서 우울증이 더욱 심해졌다. 밤이 오면 깊이를 알 수 없는 불안감이 엄습해와 밤새 불을 환하게 켜놓고 TV 소리를 크게 틀어놓았다. 그래도 불안한 마음을 가눌 길 없어 소리내어 실컷 울고 나면 그나마 조금 안정되었다. 하루하루 밤과의 전쟁을 치르는 기분이었다.

'오지도 않을 사람을 기다리는 착각에 빠지다 보면 실망이 따르게 마련인데…….'

그때 전화벨 소리가 울렸다. 동생이겠거니 하는 생각으로 전

내가 살고 있는 8평 방. 작은 단칸방이어도 지인들의 온정
이 가득한 곳이다.

광명시 '사랑의 집'에 방문한 2005년

화기를 들자 낯선 남자의 목소리가 울려나왔다.

"여보세요? 저는 신문사 기잔데요. 김영희 씨 계신가요?"

기자는 내가 사는 집으로 방문해서 취재를 하겠다는 것이다. 아무리 생각해도 농구선수에서 은퇴한 나를 취재하려는 의도를 알 수 없었다. 혼자만의 삶에 익숙해져가고 있던 터라 기자의 갑작스런 방문소식에 당황스러웠다. 내 몸에서 심장 뛰는 소리가 크게 울려퍼지는 것 같았다.

아무리 쓸고 닦아도 8평 남짓 작은 방은 누추하기만 했다. 더군다나 지난 1987년에 받은 뇌종양 수술 후유증으로 이빨이 모두 빠져버린 내 모습은 초라하기 짝이 없었다. 그리고 하루 한 끼조차 제대로 먹지 않아 갈비뼈가 드러날 정도였다.

다음 날 찾아온 기자는 나를 만나게 된 자초지종을 설명했다.

"LA올림픽에 한국대표로 출전했던 농구선수들은 대부분 경기위원으로 활약하고 있는 거 아시죠? 그런데 김영희 선수만 보이지 않아 다른 위원들에게 안부를 물었더니 아프다고만 하더군요. 그래서 한번 찾아왔습니다. 어디가 아픈가요?"

기자는 너무나 말라버린 내 모습을 보며 몹시 안타까워했다.

"선수시절 뇌종양 수술 받은 후부터 잘 걷지를 못해요. 몸이 너무 커서 그런지 걸으면 관절에 무리가 와요. 게다가 우울증에 위궤양까지 겹쳐 꼼짝도 못해요."

기자는 어느 농구선수 이야기를 하며 내 증상이 '거인병 증세 같다'고 했다.

"병원에서 당뇨 진단을 받았을 때나 뇌종양 수술을 받을 때도

그런 이야기는 없었는데요."

거인병 진단과 죽음에의 유혹

기자를 따라 식당에 가서 밥을 시켰지만 한 숟가락도 넘길 수 없었다. 다음 날 내 소식이 신문을 통해 알려졌다. '전 국가대표 농구선수 김영희가 거인병을 앓고 있다'는 내용이었다. 나는 그때까지 거인병이라는 진단을 받은 일이 없었는데, 기자의 판단에 의한 보도였다.

그날 아침부터 전화벨이 쉬지 않고 울려대기 시작했다. 신문사는 물론이고 방송국에서도 촬영 요청이 쇄도했다. 갑자기 나에게 무슨 일이라도 일어난 것처럼 보였다.

며칠 후 KBS TV의 '추적 60분' 팀이 5일 계획으로 촬영을 나왔다. 그 무렵 나는 겨우 몸을 추슬러 끼니조차 잇지 못하는 어려운 노인들을 돌보고 있었다. 외로움에서 벗어나기 위한 몸부림이었다.

촬영 첫째 날은 노인들을 돌보거나 식사를 대접하는 장면들을 찍고 둘째 날은 농구 경기장을 찾았다. 마침 농구 시즌이어서 볼 만한 경기들이 많았다.

내가 경기장에 들어서자 한국여자농구연맹 간부들이 반가이 맞이하며 내 건강에 대해 관심을 가져주었다. 셋째 날은 동생 집과 친구가 운영하는 체육센터를 방문했다.

나흘째 되는 날, 나는 촬영팀과 함께 부천 성가병원을 찾았다.

바로 그날 나는 MRI 촬영을 비롯해 여러 가지 검사를 받은 결과 말단비대증이라는 거인병을 앓고 있다는 사실이 확인되었다. 내 나이 마흔 살. 그때까지 나는 내가 거인병을 앓고 있으리라고는 한 번도 생각하지 못했다.

담당 PD를 보호자로 착각한 의사선생님은 다짜고짜 야단부터 쳤다.

"어찌 몸이 이렇게 될 때까지 그냥 방치했습니까? 현재 모든 내장이 커져 있고 마지막 심장까지 커지는 날엔 사망입니다. 당장 수술을 받거나 치료하지 않으면 위험합니다. 선수생활 할 때 한 번이라도 검사해봤더라면 아무 문제 없었을 텐데⋯⋯."

'나의 장대 같은 키와 거대한 몸집 등이 바로 병 때문이었다니⋯⋯.'

이제 겨우 마음을 다잡아 그나마 이웃들과 살아 나가기 위해 발을 내디뎠는데 마른하늘에 날벼락 치는 소리였다.

지난 1987년 뇌종양 수술 후 뜻하지 않게 선수생활을 마감해야 했던 괴로움, 어머니에 이어 아버지의 연이은 죽음이라는 뼈저린 아픔, 그나마 동생과 올케 덕분에 삶의 의지를 불태우며 근근이 용기를 내어 살아왔건만 이제 죽을병이라니⋯⋯ 내 운명이 너무나 가혹하게만 느껴졌다.

말단비대증은 성장 호르몬이 과잉 분비되어 먼저 키가 비정상적으로 커지다가 병이 깊어지면 손, 발, 코, 턱, 입술 등 말단 부위까지 비대해지는 만성 질환이다. 보통 사람들은 뇌하수체 성장 호르몬 수치가 10 정도인데 나는 280이 훨씬 넘어설 만큼

호르몬이 과다하게 분비되고 있다는 것이 의사선생님의 설명이
었다.

어느 순간 내 앞이마와 턱이 튀어나오는가 싶더니 발은 항공
모함만해졌다. 그리고 치아의 부정 교합으로 인해 턱선도 일그
러졌다. 거기다가 나는 목소리까지 남자로 변했다. 그런데 안타
깝게도 이러한 변화가 서서히 일어나 그 징후를 알아차리지 못
했던 것이다.

이미 초등학교 선수시절부터 그런 변화가 일어나고 있었는데
도 내 부모는 물론 어느 누구도 그 사실을 모르고 있었다. 오히
려 감독님은 내 키가 매일매일 자란다는 사실에 흐뭇해하기까지
했다.

나는 이제 의자에 앉았다가 일어설 때는 주위 도움 없이는 불
가능하다. 그리고 늘상 쑤시는 무릎 통증 때문에 어쩌다 바깥 외
출을 하고 싶어도 계단 오르내리는 것이 어려워 포기하는 일이
한두 번이 아니었다. 부어오른 손과 발은 어떤가. 손마디가 부어
손을 구부릴 수 없고 발은 복숭아뼈가 분간이 안 될 정도였다.
누가 봐도 산송장이나 다름없었다.

그런데 당장 수술이나 약물치료를 하지 않으면 목숨이 위험하
다니 도대체 내 삶의 조건들은 왜 이리 가혹한지 원망스러웠다.

나는 의사선생님에게 사흘 간의 시간을 달라고 한 후 병원 문
을 나섰다. 나는 사흘 동안 방문을 걸어 잠그고 밤낮없이 울기만
했다. 잎들이 다 떨어진 나무들도 내 마음을 아는 양 앙상한 가
지를 드러낸 채 찬바람에 울고 있었다. 그러나 나무들은 인동의

시간을 견뎌내면 또 다시 봄을 맞이하겠지만 나는 다시는 밝은 빛을 볼 수 없을 것 같았다. 끝을 알 수 없는 기나긴 터널 속을 헤매고 있는 기분이었다.

'전생에 무슨 죄를 그토록 많이 지었기에…… 그동안의 시련도 부족해서 또 다시 아픔을 겪어야 한단 말인가. 그래, 차라리 죽어버리자.'

나에게는 엄청난 치료비도 감당키 어려운 문제였다. 국내에는 거인병 치료제가 없어 수입약을 써야 하는데, 이 주사 한 대 값이 140만 원으로 보험혜택도 없었다. 한 달에 두 번 맞는 주사와 복용약값을 포함해 한 달에 300만원 남짓 돈이 든다고 한다.

나는 이미 설사약, 진통제, 우울증 치료제, 심장약, 부기 빠지는 약, 빈혈약과 함께 이런 약 때문에 재발한 위장병 치료를 위해 위산과다 치료제까지 복용하고 있었다. 1년이 지나 상태가 좋아지면 주사를 한 달에 한 번 맞아도 된다지만 그 치료비조차 불가능한 일이었다. 누구 하나 돈 빌릴 사람도, 혹여 누군가에게 빌린다 해도 갚을 능력도 없었다.

이제 와서 누굴 원망하고 누굴 탓하겠는가. 내가 받아들여야 할 운명으로 받아들이기로 했다. 이대로 있다 보면 며칠 살지 못하고 소리 없이 세상을 떠나버릴지도 모른다는 생각을 하니 숨이 가빠졌다.

그러나 체념과 함께 마음 한편으로 솟아나는 슬픔에 도무지 마음이 진정되지 않았다. 조금만 일찍 내 병을 알았더라면 한 여자의 일생이 그토록 고통과 아픔으로 계속되지는 않았을 텐데

하는 생각에 너무나 무지했던 내 자신이 밉고 원망스러웠다. 모르는 것이 약이라고, 차라리 병원에 가지 않았더라면 지금의 고통까지는 없었을 것이라는 아쉬움이 가슴을 짓눌렀다.

사흘 후 나는 다시 병원에 가서 의사선생님을 만났다. 방송국 사람들의 시선을 뒤로 한 채 나는 단호한 어투로 입을 열었다.

"선생님, 저 수술 하지 않고 차라리 죽음을 택하겠습니다."

내 입에서 죽음이라는 단어가 튀어나와서일까, 순간 분위기가 물을 끼얹은 듯 숙연해졌다. 의사선생님은 아무 말 없이 긴 한숨을 내쉬었다.

"당장 치료비도 마련할 수 없구요, 만일 수술을 한다면 그 후유증을 견딜 자신도 없습니다. 더 이상 살고 싶지 않습니다……."

나는 복받쳐오르는 슬픔을 참지 못하고 결국 눈물을 쏟아내고 말았다.

내가 출연한 방송을 통해 세상에 거인병이라는 희귀병이 알려지게 되었고, 이후 계속된 몇 번의 방송출연과 인터넷을 통해 내 소식은 전국으로 퍼져 나갔다. 혹시 자신이 겪고 있는 것이 거인병 증세가 아닌지를 물어보는 전화가 빗발쳤다. 나만 거인증인 줄 알았는데 의외로 주위의 많은 사람들이 이 병을 앓고 있었다. 내 상황도 그렇지만 그런 전화를 받을 때마다 동병상련의 느낌에 가슴이 시려왔다.

"거인병은 조기 진단과 치료가 중요해요. 빨리 검사 받으세요.

안 그러면 저처럼 이렇게 고통받을 수 있어요. 저 같은 사람이 더 이상 나오지 말아야 해요."

거인병을 확인하고 곧장 수술과 치료를 받는 사람들도 있었다. 50대 초반의 한 여성은 키가 163cm인데 손만 크는 거인병으로 인해 맞선에서 10번 이상 퇴짜 맞았다는 사연도 들려주었다.

이때 마침 한기범 선수와도 전화가 연결되었다. 그 역시 설마 설마 하다가 검사를 받아본 결과 몸이 계속 말라가는 말판증후군이라는 진단이 나왔다고 했다.

사실 거인증 환자들의 체력으로는 격렬한 운동을 할 수가 없다. 그러나 아이러니하게도 적지 않은 사람들이 거인증의 큰 키 덕분에(?) 운동선수로 뛰고 있는 것이다.

KBS TV '추적 60분' 취재팀은 내 일을 계기로 한 연구소와 연계하여 전국 30여 개 고등학교, 대학교의 농구, 배구, 씨름선수들 중 장신 선수들을 대상으로 성장 호르몬 수치를 진단하는 검진을 시도해보았다.

거인증은 100만 명당 1명꼴로 나오는 희귀병이다. 그러나 안타깝게도 검진했던 국내 장신 선수 중 25%가 거인증이 의심된다는 결과가 나왔다.

나이 40에 나에게 새로운 고통을 가져다 준 거인병. 하지만 이런 나를 계기로 거인병이 세상에 알려지게 됨으로써 미리 치료받을 수 있는 사람이 생겼다는 사실이 그나마 작은 위안이 됐다.

세상이 나에게 베푸는 삶을 설계하라 하고

다음 날 아침 병원으로부터 뜻하지 않은 전화가 걸려왔다. 내가 돌아가고 나서 담당의사가 병원재단측과 협의한 끝에 나의 치료비를 도와주기로 결정했다는 것이다. 농구선수로서 대한민국의 이름을 전세계에 알린 공로가 있는 나를 돕겠다는 거였다.

그리고 병원사업부에서는 퇴원 후 계속해서 나의 약값을 지원해주겠다고 한다. 지난 15년 동안 저주스럽게만 생각했던 농구가 오히려 내 목숨을 살린 것이다. 내게 닥친 시련이 모진 만큼 목숨 또한 모질다는 생각이 들었다.

2002년 11월 나는 40년 동안 앓아온 거인병 치료를 위해 마침내 병원에 입원을 하게 됐다.

난생 처음 감동의 눈물을 흘렸다. 나에게 소중한 생명을 준 병원측에 어떤 식으로든 고마움의 보답을 해야 한다는 생각이 마음 가득했다. 나에 대한 배려에서 시작된 담당의사의 수고는 나에게는 태산과도 같은 '새 생명'이라는 선물로 돌아온 것이다. 그리고 이는 주위 사람들에 대해 다시 한번 생각하도록 하고 나 자신을 뒤돌아보게 하는 계기가 되었다.

전국민 중에 손꼽힐 만큼 큰 키의, 높은 눈높이로서 세상사람들과 함께 살아왔던 세월 중 짧은 영광도 있었지만 대부분 힘들고 고통스런 나날들이었다. 내가 그동안 큰 키만큼 더 나은 삶을 꿈꿔왔기 때문이 아니었을까 하는 자책감이 들었다.

누군가 우스갯소리로 높이 나는 새는 멀리 보고 낮게 나는 새는 세상을 자세히 본다고 얘기했건만, 나는 멀리 보지도 그렇다고 내 인생에 대해 자세히 들여다보지도 못했던 것이다.

'그래, 나에게 이렇게 새 생명을 주신 것은 이제 세상에서 키가 제일 작은 사람으로 살아가라는 의미일 것이다. 큰 키로 내려다보는 삶이 아니라 작은 키로 세상을 올려다보며 살아가라는. 내가 누군가를 위해 베푸는 작은 배려는 그들에게 어쩌면 나와 같은 새 생명일 수도 있다. 그리고 이렇게 남을 행복하게 해주는 작은 손길에 오히려 내가 행복할 수 있지 않겠는가.'

퇴원 후 한 달에 두 번 주사 맞는 날이면 온몸에서 식은땀이 흘러내리고 머리카락이 한움큼씩 빠지는 것 외에 일주일 동안 설사로 고통을 겪는다. 하지만 예전과는 달리 이제는 그런 고통을 즐거운 마음으로 받아들이고 견뎌내고 있다.

주사약 때문인지 손발 관절의 부기도 빠지고 나아가 피부가 예전처럼 곱게 되살아나는 것이 신기하기만 하다. 의사선생님은 오랫동안 주사를 맞으면 얼굴형이 바뀐다고 하면서 나중에 성형수술까지 해주겠다고 하신다.

"선생님, 저 성형수술보다는요 주사 좀 아프지 않게 놔주세요."

방송을 통해 내 소식을 들은 많은 사람들이 도움의 손길을 보내왔다. 특히 인기 연예인이나 스포츠 스타들이 불치병으로 고통받는 사람들을 위해 온정을 베푸는 내용인 KBS TV '사랑의 리퀘스트' 라는 프로그램은 잊지 못할 것이다. 1980년대 농구계를 주름잡았던 박찬숙 선배가 나를 위해 이 프로그램에 출연했기 때문이다.

박찬숙 선배는 고등학교 선배이기도 하지만 농구 경기에서는 막강의 라이벌이었다. 태평양화학 소속이었던 선배와 한국화장품 소속의 나는 평소에는 친한 선후배 사이였지만 코트 위에서는 한치 양보 없는 승부를 겨루곤 했다.

국가대표팀으로 발탁되었을 때도 선배는 1진, 나는 2진이었다. 1진과 2진은 농구 올스타전에서도 '박찬숙의 노련미냐 김영희의 패기냐!'로 신문지면을 장식하는 등 그 무렵 여자농구 스포츠 기사에서는 나와 박찬숙 선배 이름이 단골메뉴가 되기도 했다.

옛날의 추억을 떠올리게 만든 이 프로그램을 통해 대표팀 주장이었던 강현숙 선배, 정미라 선배를 비롯해 남자 농구의 서장훈 선수와 김주승 선수 등까지 다시 한 번 농구계의 선배와 후배들의 따뜻한 사랑에 마음 깊은 눈물을 흘렸다. 그리고 지금은 그들의 사랑을 받기만 할 수밖에 없지만 그 뜻만은 가슴 깊이 새기어 나도 누군가를 위해 베푸는 삶을 살아야겠다는 마음을 다잡았다.

'내가 있다는 착각에서 벗어나 이기심만 버리면 무한경쟁이 아니라 더불어 함께 살아갈 수 있음을……. 나와 너, 좋고 나쁨, 있고 없음 같은 분별심과 이기심만 버리면 자신과 주변사람들을 행복하게 만들 수 있다.'

내가 방송에 나간 이후 또 한 가지 커다란 변화가 일어났다. 나의 어려운 처지와 함께 이웃에게 작으나마 베풀고 사는 모습에 동네 사람들의 눈빛이 달라진 것이다. 가끔 등뒤에서 거인이라고 함부로 말을 내던지며 놀려댔던 사람들조차 이제는 미안함과 연민의 마음을 드러내 보였다. 그해 겨울 나는 동네 사람들이 베풀어주는 온정까지 이제까지 겪어보지 못한 너무나 따뜻한 손길을 호흡할 수 있었다. 그리고 내 마음 속에서 서서히 변화가 일어나고 있었다.

농구장은 가로 28미터, 세로 15미터로 약 127평 크기이다. 지금 나의 공간은 8평 남짓 단칸방에 불과하다. 나의 활동반경이 127평에서 8평으로 옮겨 생활한 지 15여 년. 나는 세계가 얼마나 넓은지, 우리 국토의 넓이가 얼마인지도 모른다. 하지만 이제 내가 살고 있는 오정동이 눈에 들어오고 나의 8평 인생이 무척 넓다는 것을 느끼기 시작한 것이다.

'반드시 물질이 아니어도 된다. 몸과 마음으로, 그리고 말로써 베풀며 살아가는 것이 행복으로 가는 길이다. 또한 고통 속에서도 남을 돕는 것이 나를 위하는 것이요, 남을 미워하는 것은 곧 나를 학대하는 것이다.'

삶의 의지와 꿈을 잃었던 나로서는 40이라는 중년의 나이가 결코 실감나지 않는다. 그동안 나는 농구선수를 은퇴하던 스물일곱 살에 머물러 있었다. 누군가 내 나이를 묻기라도 하면 나는 한치 주저없이 스물일곱 살이라고 대답했던 것이다.

'그래, 옛날의 김영희는 완전히 잊어버리자. 지난날의 영광은 물론 고통까지도 모두 잊고 앞으로의 인생을 다시 설계하는 거다.'

가끔씩 혼자 흥얼거리던 노래가 있다.

탐욕도 벗어버려. 성냄도 벗어버려. 미움도 부질없어, 사랑도 부질없어, 청산은 나를 보고 힘없이 살라 하네, 하늘은 나를 보고 말없이 살라 하네, 버려라 훨훨, 벗어라 훨훨, 물같이 바람같이 그렇게 살라 하네, 물같이 바람같이 그렇게 살라 하네.

이제 어떤 고통 속에서도 오뚜기처럼 다시 일어설 수 있는 용기가 샘솟는 느낌이었다. 세월의 흐름은 세상만물을 변화시키듯 나도 변해야만 살아갈 수 있는 것이다.

8평 단칸방에서 꿈꾸는 행복

방송을 통해 알려지기 전까지만 해도 어쩌다 시장에 가는 일이 고작일 뿐 내 생활은 좁은 단칸방을 벗어나는 일이 거의 없었다. 나를 바라보는 사람들의 두려워하는 눈빛과 놀려대는 소리를 마주하기가 싫었기 때문이다. 농구선수로서 화려했던 추억은 접어야 했고 불운한 은퇴로 인한 허망함만이 마음 가득할 뿐이었다.

웃음기 없는 거구의 모습은 동네 사람들에게 위협감을 주는지 그들은 나만 보면 무서운 듯 피해 달아났다. 어릴 때는 동네 어른들의 놀리는 말씀이 듣기 싫어 내가 달아났다. 선수시절을 제외하고는 사람들과 어울리는 게 도무지 쉽지 않았다.

'외로움을 벗어나기 위해서라도 사람들 속으로 들어가야 하는데 그 장벽을 어떻게 뛰어넘어야 하나?'

외톨이 생활에만 익숙해 있던 나는 마침내 동네 사람들과 사궐 수 있는 방법이 무엇인지 곰곰 생각해보기 시작했다. 그리고 결론 내리기를, 현관 앞에 앉아 동네 사람들이 지나가면 무조건 인사부터 건네기로 했다.

"아주머니, 안녕하세요?"

하지만 아주머니들은 하나같이 한번 흘깃 바라만 볼 뿐 아무 대꾸 없이 총총걸음으로 달아나버렸다. 다음 날에도 '안녕하세요'라고 인사하자 개중 한두 사람이 모기만한 소리로 '네' 하고 한마디만 대꾸할 뿐 그들 역시 재빨리 내 앞을 지나갔다. 그 다음 날도 나는 여전히 현관에 앉아 인사를 했다.

"아주머니, 안녕하세요? 저 그렇게 무서워하지 마세요. 덩치는 산만해도 마음만은 솜사탕이랍니다. 앞으로 잘 부탁드립니다."

어느 비 오는 날, 나는 부침개를 만들어 옆집 현관문을 두드렸다.

"제가 너무 커서 놀라셨죠. 그렇다고 무서워하지는 마세요. 비가 와서 부침개 부쳐봤는데 맛이 어떨지……. 그리고 앞으로 잘 부탁할게요."

이렇게 동네 사람들과의 접촉이 비로소 시작되었다.

어느 날 아침 20여 명의 동네 꼬마들이 몰려와 고함을 지르는 바람에 깜짝 놀라 잠을 깼다.

"거인 나와라. 거인 나와라!"

당장 뛰쳐나가 한 대씩 쥐어박고 싶은 마음 굴뚝 같았지만 아무 대꾸 하지 않고 가만히 있었다. 내가 아무런 반응을 보이지 않자 꼬마들의 장난은 그날로 끝나지 않았다. 아이들은 하루이 틀, 일주일이 지나도록 아침이면 집앞으로 몰려와 고함을 질러 댔다. 그쯤 되자 더 이상 화도 나지 않았다. 그보다는 동네 사람 들에게 피해를 주는 것 같아 뭔가 대책을 세워야 했다.

'그래, 인생 뭐 별 거 있나? 하루를 살더라도 즐겁게 살자구. 아이들에게도 내가 먼저 숙이면 되는 거다. 지들이 웃는 얼굴에 침 뱉을라구.'

이렇게 마음을 먹자 용기가 생겼다. 그리고는 문을 열고 내려 가 현관 앞에 섰다. 20여 명의 아이들이 나를 쳐다보며 움찔하는 듯했다. 나는 억지미소를 지으며 부드럽게 말문을 열었다.

"얘들아, 이 아줌마가 모습은 이렇게 거인이어도 마음만은 솜 사탕이란다. 하나도 안 무서워."

그리고는 주머니에서 사탕을 꺼내 손을 내밀자 몇몇이 슬금슬 금 다가오더니 멋쩍은 얼굴로 사탕을 받아들었다.

'옳거니, 이제 됐다. 역시 아이들은 순수해.'

본격적으로 아이들에게 다가갈 수 있는 기회였다.

"얘들아, 너희들은 키 큰 사람이 멋있니, 키가 작은 사람이 멋 있니?"

아이들은 일제히 "키 큰 사람이요"라며 대답했다.

"어떻게 하면 키가 크는지 아줌마가 알려줄까?"

그러자 아이들은 나에게로 바짝 다가오더니 고개를 뒤로 젖힌 채 나를 바라보았다.

"나처럼 농구를 잘하면 키가 커진단다."

한 아이가 묻는다.

"아줌마가 농구를 했어요?"

"그래, 아줌마는 농구선수였어. 너희들이 태어나기 훨씬 전에 올림픽에 나가 은메달도 땄어. 보여줄까?"

아이들은 "네" 하며 나에 대해 적극적인 관심을 보였다.

"좋아! 그럼 우리 집으로 들어와봐. 내가 메달이랑 훈장도 보여줄게."

20여 명의 아이들이 방에 들어오자 8평 단칸방은 발 디딜 틈조차 없었다. 나는 선수시절의 앨범과 훈장 등을 아이들에게 보여주며 설명을 해주었다. 그리고는 과자와 빵, 음료를 나눠주고는 이야기를 시작했다.

"그런데 왜 나를 그렇게 놀려대니? 너희들이 놀려 아줌마 마음이 몹시 아프단다. 앞으로는 아줌마가 재미있는 농구 이야기도 해주고 간식도 많이 줄게. 이제 놀리지 마, 알았지?"

그러자 한쪽 구석에서 "와, 거인 아줌마 보기보다 되게 착하다 그치?"라며 웅성거렸다. 아이들끼리 잠시 쑤군거리는가 싶더니 한 여자아이가 "아줌마, 잘못했어요. 다시는 아줌마 놀리지 않을게요"라고 기어들어가는 목소리로 사과했다.

역시 기대했던 대로 아이들은 착하고 순수했다.

'그래, 아이들에게 먼저 내 마음을 보여주고 베풀다 보면 그들 부모님들도 아시게 될 거야. 그러면 나를 바라보는 눈빛도 한결 부드러워질 거야.'

다음 날 나는 아이들이 궁금해 양쪽 호주머니에 과자와 사탕

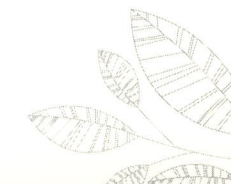

을 잔뜩 넣고는 동네 놀이터로 향했다. 그때 저 앞에서 일곱 살 먹은 꼬마가 부지런히 뛰어오더니 꾸벅 인사를 했다.

"거인 아줌마, 안녕하세요?"

드디어 나에게 먼저 인사를 한 것이다. 나는 그저 고맙고 아이의 어여쁜 마음에 어찌할 바를 몰랐다. 그리고는 주머니 속에 든 과자와 사탕을 꺼내주었다. 아이는 두 손 가득 과자를 받아들고는 냅다 친구들에게로 달려가 자랑을 했다.

나는 마침내 동네 꼬마들을 과자와 사탕으로 포섭(?)해 친구로 만들었다. 화가 난다고 순진하기만 한 아이들을 한 대씩 쥐어박기라도 했다면 어떻게 되었을까. 아이들을 통해서 나는 또 한 가지를 배운 것이다. '참는 것이야말로 인생을 살아가는 힘이 된다'는 것을.

이제는 동네 사람들과 마음을 나누어야 했다. 그때 내 수중에는 단돈 천원뿐이었지만 먹고 사는 일에 초월해 있는 나로서는 전혀 두려울 게 없었다.

LA올림픽 은메달 획득으로 매달 나오는 연금 20만원이 한달 수입 총액이다. 처음에는 15만원이었던 것이 최근 5만원이 인상됐다. 나는 생활비로 5만원을 쓰고 나머지는 이웃들에게 베풀어야겠다고 생각했다. 하루 한 끼만 먹어도 되니까 5만원이면 생활할 수 있었다.

영하 15도를 오르내리는 추운 날씨에도 내 방은 바깥 기온과 별 차이가 없을 정도로 싸늘하다. 돈을 아끼기 위해 겨울철에도 난방을 전혀 하지 않아 한 달 가스비가 기본요금에 불과한 3,000원

정도 나온다. 추위쯤은 선수시절 그 힘들었던 훈련에 비하면 전혀 문제될 게 없었다.

동네 아이들이 반갑게 인사하는 모습을 보면서 이제부터라도 행복하게 살고 싶었다. 내 행복을 찾으려면 남에게 먼저 행복을 전해야 할 것이다. 다른 사람을 돕고 사는 길이 결국 내가 사는 길이라는 생각이 들었다. 옛말에 '되로 주고 말로 받는다'고 했듯이 내가 베푸는 한 되의 정이 더 큰 온정이 되어 돌아온다는 생각만으로도 방안 온도가 10도는 높아진 것 같았다.

'나에게 다가온 힘겨운 고통들을 떨쳐버리기 위해서라도, 앞으로 겪어야 할 더욱 험난한 삶에 대비하기 위해서라도 더불어 살아가는 인생을 만들어야 한다.'

모든 것을 다 주어도 아깝지 않은 소녀, 현주

내가 살고 있는 연립주택 1층에 현주라는 아이가 외할아버지, 외할머니와 함께 살고 있다. 현주 할아버지는 귀가 어두워 TV 볼륨을 한껏 높여 2층 내 방에서도 무슨 프로그램인지 다 알아들을 수 있을 정도이다.

그러던 어느 날 하루 종일 방에 틀어박힌 채 부업거리를 하고 있을 때 현주 할머니가 나를 찾아왔다.

"무슨 부업을 하는지 모르지만 나도 좀 할 게 없을까 해서……."

나는 '일거리가 없다'며 쌀쌀맞게 대했다. 그때 나는 사람들과 어울리는 것이 싫었다. 나를 보며 재미있다는 듯 웃는 소리가 싫

었고, 내가 무서운 듯 피하는 눈빛은 더더욱 싫었다. 그리고 며칠 후 우연히 초등학교 5학년인 현주를 만났다.

"너희 엄마 아빠는 뭐하시니?"

현주는 고개를 푹 숙인 채 의기소침한 표정으로 대답했다.

"안 계세요."

순간 그 나이 때의 내 모습이 떠올랐다. 부모와 2년 남짓 떨어져 할머니집에 사는 동안 나는 어머니가 보고 싶어 병이 날 지경이었다. 선수시절 합숙소 생활을 할 때도 보고 싶은 사람은 항상 어머니였다. 그래도 나는 현주만할 때 어머니의 사랑을 받고 자랐건만 현주는 엄마 얼굴을 알기도 전에 하늘나라로 가셨단다. 현주가 애처로워 보였다.

'저 아이는 가슴이 얼마나 아플까. 한창 엄마의 사랑을 받고 자라야 할 나이인데……. 현주에 비하면 나는 그래도 복 받은 사람이야.'

며칠 전 현주 할머니에게 냉정하게 대했던 일이 죄송스러웠다.

"현주야, 우리 집에 놀러가자."

현주는 요즘 아이들답지 않게 숫기도 없고 순진했다. 이야기할 때도 얼굴이 붉어져 말을 제대로 잇지 못했다. 간식거리를 내놓았지만 제대로 먹지도 못했다.

그날 저녁 무슨 일인지 현주 할아버지가 내 집을 찾아왔다.

"당장 내일 먹을 쌀이 없어서 그러는데 조금 도와주세요. 우리야 굶어도 상관없지만 하나뿐인 외손녀까지 밥을 못 먹여서……."

할아버지는 울먹이는 소리로 나에게 도움을 청했다.

할아버지를 먼저 내려 보내고 곧바로 쌀과 반찬을 싸들고 현주 집으로 갔다. 할아버지는 대장암 후유증으로 채 40kg이 나가지 않는 몸에 설사 증세까지 겹쳐 기진맥진해 있었다. 할머니는 아픈 허리 때문에 다리가 퉁퉁 부어 있었다.

이들은 밥을 굶다시피 해도 누구 하나 돌봐주는 사람이 없다. 노인에게는 떨어져 살고 있는 자식들이 있어 영세민 혜택도 받을 수 없었다. 아들이 매달 찾아와 월세를 내주고 생활비 5만원을 주는 게 고작이란다. 할머니가 울음 섞인 목소리로 입을 열었다.

"현주가 제 엄마 아빠 보고 싶을 때면 우리 늙은이 손을 꼭 잡고 잠들곤 해요. 그런 모습을 보면 얼마나 가슴이 아픈지……."

현주 엄마는 현주를 낳은 직후 돌아가셨고 아빠는 얼마 후 가출을 해 노인 부부가 현주를 핏덩이 때부터 맡아 키웠다고 한다.

그날 이후 나는 현주 집을 자주 들락거렸다. 현주는 5학년이 되도록 그 흔한 햄버거와 피자를 먹어보지 못했다고 했다. 내가 돈을 주며 사먹으라고 해도 현주는 할아버지 할머니 드실 것을 사다 드리거나 저금통에 넣곤 했다.

두 어른은 나를 친딸처럼 대했고 나는 부모 모시듯 했다. 돈이 없어 그대로 방치하고 있는 할아버지 설사약은 내가 매달 병원에서 받아오는 것을 드시게 했다. 마침내 할아버지의 설사가 멎고 곡기가 들어가자 몸도 점점 나아졌다. 또한 마른 지네를 구해와 할머니께 지네탕을 해드렸더니 허리가 좀 나으셨다고 한다.

"영희는 자식보다 더 소중하고 고마운 사람이야. 친자식도 이

렇게는 못하는데⋯⋯."

할머니는 걸핏하면 내 손을 붙들고 눈물 흘리며 고마워한다.

현주에게는 유일하게 정을 붙이고 사는 이모 한 분이 있었다. 현주에게는 '이모'라는 말이 '엄마'라는 말을 대신할 만큼 그 아이만이 느끼는 포근한 호칭이었다. 평소 나에게 그 이모 자랑을 자주 하곤 했다. 그러던 어느 날, 나를 찾아온 현주가 불쑥 이렇게 말했다.

"할머니가 아줌마더러 이모라고 부르래요. 그렇게 해도 돼요?"

"그럼, 그럼. 내가 이모 할게. 대신 너는 나에게 컴퓨터 선생님 해줘. 이모는 컴맹이니까 잘 가르쳐줄 수 있지? 이모가 덩치만 컸지 너만큼 순수하고 부드러운 사람이란다. 너도 그렇게 생각하지? 앞으로 잘 지내보자."

"네, 이모."

남동생 하나라 결코 이모란 소리를 들을 수 없었는데 현주의 이모라는 소리에 히죽히죽 입이 다물어지지 않았다.

그때부터 현주는 수시로 내 방을 드나들었다. 할아버지가 TV를 보시면 내 방으로 와 공부도 하고 이야기 친구도 되어주었다. 가끔 친구들을 데리고 오기도 했다. 현주가 친구들에게 내 얘기를 많이 했던 모양인지 하루는 흰 종이를 여러 장 들고 와 내 앞에 내밀었다.

"이모, 우리 반 친구들이 이모 사인 좀 받아다 달래요."

"물론 해줘야지. 그런데 사인 한 장에 자장면 한 그릇 내라고 해."

며칠 후 현주가 자랑하듯 말했다.

"이모 덕분에 친구들에게 자장면이랑 떡볶이 많이 얻어먹었어요."

어느덧 중학교에 들어간 현주가 수학여행 간다는 얘기가 들려왔다. 하지만 수학여행비 20만원은 현주네 가계형편으로는 엄두조차 낼 수 없는 돈이었다.

"현주야, 이모가 여행비 줄 테니 재미있게 놀다 와."

현주가 어리둥절해하며 말없이 나를 쳐다보고만 있자 할머니가 손뼉을 치며 거들었다.

"아이구, 우리 현주가 이모 잘 만나 호강하는구나."

할아버지도 한마디 거들었다.

"현주야, 너 이모 은혜 잊으면 안 된다. 이렇게 고마운 분이 어디 있겠니."

현주는 그제서야 '이모 감사합니다'를 연발하며 용돈까지 포함된 돈봉투를 받아들었다.

2박 3일간의 수학여행을 다녀온 현주가 내게 베개를 선물로 내밀었다. 내 침대 머리맡에 있는 낡은 베개를 눈여겨보았던 모양이다. 그리고 내가 준 용돈을 베개값 1만원 외에는 한 푼 쓰지 않고 그대로 남겨 왔다. 돌아와서는 그중 1만원으로 할아버지 할머니께 고기를 사드리고는 할머니에게 이모 자랑을 하더란다.

"할머니, 나머지 8만원은 통장에 넣었어요. 이모가 주신 돈인데 함부로 쓰면 안될 것 같아요."

이제 고등학교 2학년이 되는 현주는 학원 구경 한 번 못했으면서도 내신성적 1등급을 유지할 정도로 공부를 썩 잘한다. 그리

고 모든 컴퓨터 자격증까지 따놓은 상태다.

공부하는 틈틈이 아르바이트라는 명분으로 시키는 내 블로그 관리 등 컴퓨터 관련 일도 척척 잘해 낸다. 이제 현주는 아르바이트비라는 명분을 내세우지 않으면 절대 돈을 받지 않아 이것 저것 아르바이트를 자주 시키는 편이다. 물론 나 역시 현주 덕분에 컴맹에서 탈출해 독수리 타법이나마 내 블로그에 글을 올리곤 한다.

그런 와중에 현주는 봉사활동까지 다니고 있다. 가정형편이 어려워 공부를 제대로 못하는 맞벌이 부부의 자녀들을 지도한다고 한다. 그런데 이 아이들이 학교시험에서 모두 100점을 받아와 아이들 부모가 현주 할아버지를 찾아와 고맙다는 인사를 하고 갔다. 이야기를 들은 내가 더 기분이 좋아 현주를 내 방으로 불러 올렸다.

"현주야, 오늘 이모가 한턱 쏜다. 우리 피자 시켜 먹을까?"

둘이 피자를 먹으며 현주에게 물었다.

"현주야, 너는 대학 가면 무엇을 전공하고 싶니?"

"저 대학 안 갈 거예요, 이모."

굳이 이유를 묻지 않아도 알 수 있었다. 현주는 고등학교 졸업 후 직장생활을 해 할아버지 할머니를 봉양할 생각을 하고 있던 것이다.

'내가 이런 천사를 위해 뭔가 해줄 수 있는 게 없을까…….'

"너 내일 성적증명서 한 장 떼와. 이모가 알아볼 데가 있어."

내가 알고 있는 줄을 대어 대학교 총장님을 직접 만나 현주의 전학년 장학금을 부탁해볼 참이었다. 그런데 다음 날 현주는 희소식을 가지고 헐레벌떡 나를 찾아왔다.

"이모, 교장선생님께서 삼성그룹에 추천해서 취직도 시켜주고 대학도 보내준대요. 그리고 앞으로는 학교에서 보충수업도 받으래요."

내가 추천받은 것보다 더 기뻤다.

"야! 파이팅이다. 교장선생님 짱이네. 내가 내일 교장선생님을 찾아가 인사해야겠다."

"이모가 오면 선생님들이 깜짝 놀랄 텐데."

"그래? 그러면 졸업식 때 갈까?"

나는 현주를 힘껏 안아주었다.

오정동에 있는 한 교회 목사님이 나를 도와주고자 찾아왔다.

"목사님, 정말 고맙습니다. 그런데 이왕이면 저보다 더 어려운 가정 좀 도와주시면 안 될까요?"

그때부터 교회에서는 매달 현주네 집에 성금을 보내주고 있다. 그리고 때때로 쌀포대도 들여보내줘 현주는 이제 아침밥을 먹고 학교에 다니고 있다. 나를 도와주겠다는 서울의 어느 한방병원 원장님께도 현주네 이야기를 해 내가 아닌 현주에게 매달 20만원씩 보내주시기로 했다.

내가 감기몸살로 보름간 누워 있을 때 현주는 줄곧 내 곁을 지키며 지극정성으로 간호를 했다. 내 옆에 이토록 따뜻한 손길이 있다는 것에 몸은 아파도 마음만은 너무나 행복했다.

내가 가진 모든 것을 다 주어도 아깝지 않은 아이. 내가 세상을 떠나도 나를 기억할 거라는 사실 하나만으로도 가슴이 따뜻해지게 만드는 아이. 현주의 소망이 '이모와 평생 함께 지내는 것'이라고 하듯 내 바람 또한 이렇게 따뜻한 현주와 오랫동안 함께하는 것이다.

난쟁이 나라에서 골리앗 같은 여자는 이웃과 함께 어울려 살아간다는 것만으로도 행복을 느낀다. 그래서 키 큰 하늘 아래 보이는 세상은 너무나 아름답기만 하다.

시집 못 갔다고 뭐라 할 사람 있나?

방송을 보고 국가대표팀 시절 한방을 썼던 후배가 찾아왔다. 아들을 데리고 온 후배를 향해 나도 모르게 "너는 좋겠다. 엄마도 되고……"라는 말이 흘러나왔다.

후배가 결혼도 하고 아들까지 낳은 것이 마음 한켠으로 부러웠던 모양이다. 동료 선수들이 하나둘 결혼과 함께 코트를 떠날 때마다 부러움과 서러움이 겹쳐 마음이 착잡했던 기억과 함께.

사실 결혼에 대한 꿈을 접은 지는 오래됐다. 나에게 다가오는 남자도 없었고 내가 가까이 가도 반가이 맞아줄 남자도 없을 것 같았다.

동료들은 운동할 때는 나와 거리낌없이 잡담도 주고받지만 훈련장을 벗어나면 나와 어울리는 것을 부담스러워했다. 내가 싫어서가 아니라 같이 다녀 주위의 시선을 끄는 것이 어색했던 것이다.

한번은 모 고교의 아이스하키팀과 단체 미팅을 하기로 되어 있었다. 화장까지 하느라 부산을 떠는 선배도 있었다. 나도 머리를 손질하고 나름대로 예쁜 옷을 골라 입고 나와보니 아무도 보이지 않았다. 나만 두고 가버린 것이다.

그들이 돌아오자마자 나는 씩씩대며 화를 냈다.

"왜 치사하게 나만 두고 간 거야. 약속이 틀리잖아."

한 친구가 주변을 돌아보더니 입가에 손가락을 갖다 대며 말했다.

"너는 어딜 가도 눈에 띄잖아. 그러면 우리 모두 몽둥이 20대란 말이야."

나는 외톨이가 됐다. 기차나 버스를 탈 때도 내 옆자리는 늘상 비어 있었다. 내 또래의 사춘기 소녀들이 여고시절의 꿈 많은 추억을 쌓아갈 때도 나는 거울에 투영되는 내 모습을 보며 좌절감을 맛보아야 했다. 거울 앞에서 아무리 자세를 바꿔보아도 내 모습은 여전히 거인의 형체였다. 나는 점점 말수도 적어지고 웃음도 잃어가는 내성적인 성격으로 바뀌고 있었다.

여고시절까지만 해도 내가 결혼을 못하리라고는 한 번도 생각해보지 않았다. 여고 선수시절 선배가 미팅 제의를 했다.

"영희야, 너 주말에 뭐할 거니? 대학농구팀에 2m가 넘는 선수가 있는데, 너랑 한번 만나보고 싶대. 가보지 않을래."

나는 농구에만 전념하고 싶었다. 그리고 단체미팅에 대한 씁쓰레한 기억 이후 이성과의 미팅을 탐탁지않게 여기고 있었다.

"언니, 왜 바람을 넣고 그래요. 열심히 운동만 하려고 하는데.

자꾸 그런 소리 하면 가만있지 않을 거예요. 운동 그만두면 언제든지 데이트할 수 있어요. 언니나 재미 많이 보고 오세요.”

실업팀으로 뛰고 있을 때 신발회사 직원이 내 발 사이즈를 재며 한마디 했다.

“발이 이렇게 자꾸 커지면 신발틀을 만들기 어려워요.”

그 말을 듣는 순간 처음으로 내가 결혼을 할 수 있을까 하는 고민을 했다.

'목소리도 점점 남자스러워지는데 혹시 내가 중성인 것은 아닐까. 이러다가 시집은 갈 수 있는 걸까?

나 스스로 판단해도 내 모습은 결코 여자가 아니었다. 어느 날 길을 가다가 '골리앗'이라는 얘기를 듣는 순간부터 난 홀로 살 운명이라고 생각했다. 내 모습은 코트에서는 '날으는 코끼리' 였지만, 코트 밖에서는 한낱 '골리앗'에 지나지 않았던 것이다.

그때부터 결혼의 꿈을 접었다. 어머니는 내가 마음 아파 할까봐 한번도 결혼 이야기를 꺼내지 않았다. 어머니가 돌아가시고 난 후 친구 분이 이런 말을 들려주었다.

“모임 때마다 엄마가 네 이야기를 자주 하셨다. 큰자식을 시집도 못 보내 여자 일생이 엉망이 됐다고 그러더구나. 자신이 죽고 나면 너 혼자 어떻게 살아갈지 걱정이라며 참 많이 우셨지.”

그러면서도 내 앞에서는 결혼에 관해 한마디 않으셨던 어머니의 그 깊은 아픔에 가슴이 미어지는 듯했다.

그러나 그런 마음마저 비워낸 지금은 매우 홀가분하다. 처음 만나는 사람도 주눅드는 일 없이 자연스럽게 대할 수 있다. 시련과 고통의 긴 터널을 빠져나온 나는 마치 다시 태어난 것만 같다. 이제 내 삶의 목표는 오로지 어려운 이웃을 돌보고 그들을 위해 할 수 있는 일들을 찾는 것뿐이다.

나는 요즘 새삼 '낮은 데로 임하소서' 라는 말의 의미를 되씹고 있다. 나 자신이 먼저 숙이지 않고는 내 이웃들과 좋은 관계를 가질 수 없음을 절실히 느꼈기 때문이다.

우리는 흔히 모든 사람들이 동등한 관계에서 살아간다고 생각한다. 이전까지 나는 남들을 배려하고 상처 주지 않으려고 노력하는데 정작 다른 사람은 나에게 상처를 주어 아프게 한다고 생각했다. 그러나 내 마음을 연 후 사실은 다른 사람들도 나와 똑같은 생각을 한다는 것을 알았다. 그리고 서로에게 생채기를 내는 것이 동등한 관계를 고집하기 때문이라는 것도 알게 되었다.

하지만 이런 문제는 내가 낮은 곳에 있으면 절대 일어나는 법이 없다. 내가 굽히면 다른 사람에 대한 존경심과 함께 배려하는 마음이 저절로 나온다는 것을 깨달은 것이다.

그리고 이제 나에게 결혼보다 더 중요한 일이 생긴 것이다. 어머니 말씀대로 내가 먼저 고개 숙이고 내가 먼저 마음을 열어, 이웃들에게 베푸는 모습으로 살아가는 일이다. 이제 내가 받은 것 이상으로 이웃에게 돌려줘야 하는 것이다. 하늘은 내게 이 진리를 깨우쳐주려고 그렇게 많은 시련을 주었던 것이리라. 겉모습은 거인이지만 베푸는 마음만은 곱고 한없음을 보여주는 것이 내가 해야 할 가장 중요한 일이었다.

'내가 사랑해야 할 사람은 남자가 아니라 나보다 더 어려운 사

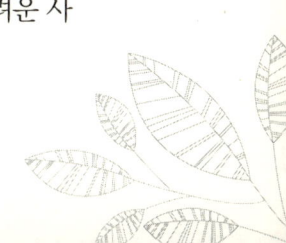

람들이다. 내가 시집 못 갔다고 뭐라 할 사람 있나?

할아버지, 울지 말고 기운 내세요

내가 살고 있는 오정동 590번지에는 홀로 사는 외로운 어르신들이 유난히도 많다. 그들을 부모처럼 대하며 내 마음을 전할 수만 있다면 내 행복의 키가 훨씬 자랄 것이라는 생각으로 가까운 놀이터를 찾았다.

할아버지들은 추운 날씨에도 아랑곳 않고 삼삼오오 몰려 앉아 빈 속에 깡소주를 드시고 있었다. 나는 포장마차에 들러 안주거리를 사들고 할아버지들이 계신 곳으로 다가갔다. 염려했던 것과는 달리 어르신들은 어서 오라며 나를 반겼다.

"와, 키가 엄청 커서 하늘을 찌르겠어."

"왜 이렇게 큰 겨? 저 손 좀 보소, 아니, 여자야 남자야?"

"한 끼에 송아지 한 마리씩은 잡아먹었겠구만."

빈 속에 들이킨 술 때문인지 어르신들은 취기 어린 목소리로 나에게 한마디씩 던졌다.

"예, 저는 한 끼에 송아지 한 마리씩 먹고서 이렇게 컸답니다. 그리고 확실한 여자구요, 손뿐만 아니라 발도 엄청 크답니다. 할아버지, 이렇게 큰 발 보셨어요?"

이러며 내가 발을 살짝 들어올리자 어르신들은 "와, 발 좀 봐. 항공모함이네." 하며 놀라워한다.

"할아버지, 제 신발을 바다에 띄워 노 저어 유럽여행 한번 다녀오시죠."

어르신들은 일제히 "하하하" 웃으시며 재미있어 했다. 내가 할아버지들에게 술을 한 잔씩 따라드리며 한마디 했다.

"할아버지, 추운 날씨에 안주도 없이 술만 드시면 건강을 해칠 수 있으니 여기 이 안주와 함께 드세요."

옆에서 돌봐주는 사람들이 없는 그들은 기력도 떨어지고 삶의 의욕도 없어 보였다. 어쩌다 돈이 생기면 삼삼오오 모여 앉아 독한 술로 외로움을 달래는 것이다. 그들은 하루하루 살아가는 일이 걱정인 만큼 아파 드러눕기라도 하면 약 한번 써보지 못할 것이다. 건강하려면 무엇보다 끼니를 잘 챙겨먹어야 하는데 도무지 그래 보이질 않았다.

내 사정이 넉넉하다면 모두 집으로 모셔 하루 세 끼 식사대접을 하고 싶었다. 하지만 상황이 여의치 않은 나는 매일같이 할아버지들이 계신 곳을 찾아 한두 분만이라도 챙기기로 했다.

그러던 어느 날, 하루 한 끼는커녕 5일째 아무것도 드시지 못했다는 할아버지를 만났다. 그 길로 할아버지를 식당으로 모시고 가 국밥을 드시게 한 후 식당을 나와 떡과 바나나 한 묶음을 사서 할아버지에게 건넸다. 그러자 할아버지가 그만 울음을 터뜨리셨다.

"자식도 없이 혼자 살면서 이대로 죽나 보다 생각했는데……. 이렇게 영희를 만나 이제 좀 살 것 같네. 영희도 어려울 텐데 나까지 챙겨줘 뭐라고 해야 할지……. 너무너무 고마워."

나는 등을 굽혀 할아버지를 바라보며 말했다.

"할아버지, 울지 말고 기운 내세요. 그리고 건강하셔야 해요. 건강해야 제가 맛있는 것도 사드리죠. 아프면 먹고 싶은 생각도 나지 않잖아요."

나는 그날 이후 그 할아버지께 매일 점심을 사드렸다. 그리고는 저녁과 다음 날 아침식사 때 드실 것을 안겨드렸다. 시간이 갈수록 주위의 할아버지들이 흐뭇한 표정으로 나를 바라보신다.

할아버지는 거리를 걷다가 나를 마주치기라도 하면 "나 용돈 좀 줘"라며 친자식 대하듯 한다. 나는 기쁜 마음으로 주머니 속의 몇천원이라도 꺼내드리곤 한다.

"할아버지, 이 돈으로 술 말고 맛있는 것 사드셔야 해요, 아셨죠?"

그러면 할아버지는 나의 큰 손을 꼭 잡으신 채 "고마워"라고 하며 또다시 눈물을 글썽거린다. 이를 본 동네 사람들이 할아버지가 내 아버지냐고 물어오기라도 하면 나는 그렇다고 환하게 웃는다. 그들은 모두 내 아버지이기 때문이다.

"몇 년 전에 아버지, 어머니가 모두 돌아가셨어요. 제가 효도 한번 못하고 돌아가셔서 너무 마음이 아팠는데 이제 할아버지들께 못 다한 효도 한다고 생각해요."

이제는 할아버지들과 함께하는 시간이 마냥 즐겁기만 하다. 어르신들은 베푸는 나의 마음을 아시곤 더없이 반갑게 맞아주신다.

잠자리에 들면 '내일은 또 누구를 찾아갈까'를 생각하는 한편, 수중에 돈이 떨어져 내가 계획하는 만큼 실천하지 못하면 어쩌나 하는 걱정이 들기도 한다.

이제는 밤에 잠을 청하기 위해 마시던 술도 끊은 지 오래이다. 약을 먹지 않아도 될 만큼 우울증도 거의 없어졌다. 하루 한 끼 식사에도 소화가 안돼 뱃속이 늘상 더부룩했던, 20년 동안 나를 괴롭혔던 신경성 위궤양 증세마저 어느 날부터 사라져버렸다. 집착과 욕심을 버리고 나니 믿기지 않을 만큼 모든 병이 사라져 버린 것이다. 더 이상 두려움이나 불안함도 없다. 모든 병이 마음에서 온다고 하더니만 바로 나를 두고 하는 말 같았다.

육바라밀의 수행법 중에 보시와 인욕과 정진이 행복과 깨달음의 비결이라고 한다. 베풀고 참고 수행하는 것은 비단 승려만이 아니라 내가 살아가야 할 방법이기도 했다. 그렇게 살 수만 있다면 세상의 어느 누구도 외딴 섬이 아니다.

가장 아름다운 사랑은 더불어 함께 걸어가는 것이리라. 장미와 안개꽃 중 어느 것이 더 아름다울까. 장미와 안개꽃이 함께 있을 때 가장 아름답지 않을까.

이웃에게 베풀고 함께 어울리는 것이 나에게는 약보다 훨씬 더 좋은 치료제였다. 바로 내가 베푼 한 되의 정이 한 말의 온정이 되어 내 병을 낫게 해주었던 것이다.

CHAPTER_2

내 인생의
영광과 좌절

느림보 코끼리가 날으는 코끼리로

농구대잔치인 점보시리즈 원년이었던 1983년은 내 농구인생에 있어 가장 화려했던 해이기도 하다. 그때 나는 숭의여고를 졸업하고 부산 동주여중 3학년 때 계약해놓은 한국화장품에 입단한 지 3년차 되었을 때다.

당시 우리나라는 스포츠 강국으로 발돋움하면서 배구와 농구 등 구기종목들이 겨울철 스포츠로 자리를 잡았다. 특히 여자농구에 대한 열기는 날이 갈수록 인기를 더해가고 있었다.

'1983~1984 점보시리즈'는 겨울 내내 긴 장정에 들어가야 하는 대회인 만큼 부상자 없이 끝까지 버티는 팀이 패자가 될 것이라고 내다보았다.

개막 한 달 전부터 분위기가 달아오르고 마침내 대회 개막일 날. 코끝이 시릴 정도로 매섭게 추운 날씨였으나 장충체육관 안은 꽉 들어찬 관중들이 뿜어내는 열기로 선수들의 긴장된 마음을 녹이고 있었다.

나는 코끼리를 마스코트로 하여 만든 대회 깃발을 들고 첫 번째로 입장했다. 왠지 모르게 이번 대회는 나를 위한 잔치일 것 같은 좋은 예감에 마음이 몹시 흥분되어 있었다. 이전까지만 해도 '장대 선수'로 통했던 나는 이 대회에서 '코끼리'라는 새로운 별명까지 얻었다.

"김영희 선수, 이번에 날으는 코끼리로 변신하세요. 파이팅!"

"이번에 한번 박찬숙 선수의 그늘을 벗어나보세요!"

입장하는 나를 향해 관중석에서 응원의 메시지를 던져주었다.

그런 분위기 탓인지 나를 비롯해 우리 팀은 자신감이 충만해 경기 초반부터 승리의 행진을 어어나갔다.

나는 이 대회에서 함께 뛰는 선수들과 감독님의 배려로 60득점이라는 신기록을 올리는 행운까지 누렸다. 여기에 많은 관중들의 따뜻한 응원까지 가세해 나는 진짜 '날으는 코끼리'가 된 느낌이었다.

어느 팀이든 거대한 코끼리를 마크해보려 했지만 고목나무에 매미가 붙은 양 내 기세를 꺾지는 못했다. 관중들은 그런 모습이 재미있다며 환호성을 보냈다.

점보시리즈는 제야의 종소리가 울려퍼질 때 중반으로 접어들고 있었다. 나는 저무는 한 해에 대한 아쉬움과 또 다른 해를 시작하는 설레임 속에서 새로운 각오로 희망을 꿈꾸었다.

'그래, 농구는 나를 위한 운동이야. 이번 기회에 최고 선수로

올라갈 거야.'

　말 그대로 물 만난 물고기처럼 코트를 누비고 다녔다. 승리를 목표로 삼아야 하는 승부의 세계에서 오직 경기에만 집중하다 보니 세월이 오고가는지도 몰랐다. 3월의 따스한 햇살이 얼었던 땅을 녹이고 어린 새싹들이 살포시 땅 위로 고개를 내밀며 어느새 봄이 오고 있는지도 모르고 있었다.

　마침내 4강 대열에 합류한 우리 팀은 경기 초반부터 이어진 승리 분위기에 업되어 결승전까지 갈 수 있다는 자신감이 넘쳐나고 있었다. 이제부터는 3판 2승제의 경기로, 세 번 싸워 두 번 먼저 이기는 팀이 결승에 올라가는 것이다. 우리 팀은 내가 골 밑을 지키고 있다가 우리 팀이 높이 던져주는 공을 득점으로 연결시키는 작전을 펼쳐 상대팀을 압도해 나갔다.

　이제 드디어 태평양화학과의 결승전만이 남았다. 다섯 번을 싸워서 세 번 먼저 승리하는 팀이 챔피언 자리에 올라서게 되는 마지막 경기였다.

　계속 동점으로 이어지는 양 팀의 치열한 접전은 한치 앞을 예측하기가 힘들었다. 경기 종료 3초 전. 우리가 한 점 뒤져 있는 상황에서 우리 팀 선수가 던진 공은 바스켓 링에서 몇 번을 맴돌며 애간장을 태웠다. 순간 경기를 끝내는 부저소리와 동시에 공이 그물 속으로 쏙 들어갔다.

　"와, 이겼다!"

　터져나오는 함성과 함께 우리 팀 선수와 스태프들은 한데 뒤엉켜 기쁨의 눈물을 흘렸다. 처음 개막한 대회의 첫 번째 우승을 거머쥐었다는 것은 뜻깊은 한 해의 시작을 말해주는 것이었다.

나는 이번 대회에서 우수득점상, 최우수상, 리바운드상, 인기상, 자유투 사율상 등 5관왕이 되는 영광을 누렸다. 이번 대회를 통해 '느림보 코끼리'에서 '날으는 코끼리'로 완전히 탈바꿈한 것이다.

코트를 누빌 때 내 동작이 느리다 보니 관중석에서는 재미있다며 함성을 보내왔다. 슛을 할 때도 남들처럼 점프하는 일 없이 공을 슬쩍 집어 골인을 시켜 관중들의 웃음을 자아냈다.

"야, 슬로비디오 보는 것 같다."

"아니야, 비디오 기계 고장이야."

이렇게 관중들에게 웃음을 주었다는 이유로 인기상을 탔는지도 모른다.

다음 날 신문에서는 '김영희가 박찬숙을 이겼다!'는 헤드라인으로 한국화장품의 승전보를 알렸다. 박찬숙 선배와 나는 당시 여자농구 붐 조성에 수훈을 세운 당사자라 해도 과언이 아닐 정도로 많은 화제를 몰고 다녔다.

나는 이 시리즈에서 연일 최고기록을 갱신하며 스타로 떠올랐다. 52점으로 기록을 세운 후 다음 경기에서 58점, 이어 결승전에서는 60점 득점이라는 전무후무한 기록으로 이어졌다.

매 게임마다 득점의 반 이상을 올리다 보니 농구인들 사이에서는 '한국화장품의 승패는 김영희 컨디션에 따라 좌우된다'는 말이 나올 정도였다.

점보시리즈는 처음 내가 예상했던 대로 나를 위한 축제라고

해도 과언이 아니었다. 물론 동료들의 어시스트가 없었다면 이
는 불가능했을 것이다. 날이 갈수록 슛이 정확해졌고 리바운드
를 많이 잡아냈다. 수비도 예전보다는 견고해져 상대방 공을 위
에서 내리누르는 블로킹과 공을 가로채는 인터셉터로 나서면서
평균 6개의 수비를 기록했다. 당시 한 신문에서는 '김영희 파이
팅'이라는 제목의 다음과 같은 칼럼이 게재되기도 했다.

김영희는 우리 농구계에 또다시 나타날 것 같지 않은 거구의 소유자다.
그의 키는 202cm다. 농구 바스켓의 높이는 305cm. 농구에서는 장신
이 절대 유리하며 이제까지 김영희는 바스켓 근처에 자리잡아 동료들
이 적기에 패스해주면 긴 팔을 뻗어서 제 머리 위의 바스켓에 던져넣어
많은 득점을 올려 팀을 우리 실업농구의 강호대열에 실재케 하는 데 크
게 기여했다. (중략)
김영희의 농구가 그토록 늘어나자 그를 중심으로 박찬숙, 김화순, 성
정아 등 늘씬이들이 골 밑에서 활약할 광경을 상상해보면 절로 즐거워
진다.

점보시리즈에서 멋진 활약을 펼칠 수 있었던 것도 곰곰 생각
해보면 감독님의 지옥훈련 덕분이었다. 대회 5관왕의 영광은 그
동안의 우울했던 과거를 잊고 다시 일어설 수 있는 계기가 되었
다. 내 입가에 다시금 미소가 머물기 시작했다. 모처럼만의 달콤
한 휴식에다 두둑한 우승 보너스까지 농구선수로서 내 생애 최
고의 날이었다.

라이벌인 동주여상과 맞붙은 숭의여
고 시절, 당시 나는 장신을 이용한 블
로킹으로 관중의 눈을 사로잡았다.

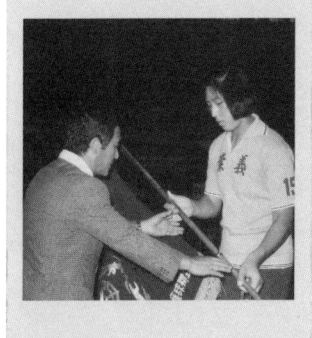

숭의여고 시절. 우승기를 받는 건 항
상 내 몫이었다.

전국남녀고교농구대회에 출전한 고3 시절

점보시리즈 개막 전 그해 8월 초 브라질에서 열린 세계여자농구선수권대회 때 센터 박찬숙 선배가 무릎을 다쳐 출전을 못하게 됐다. 나는 박찬숙 선배 대신 출전의 기대와 함께 승부욕을 불태우고 있었다. 그러나 체중이 너무 나가 연습을 충분히 못해 결국 출전을 하지 못했다.

귀국하자마자 나는 각오를 달리하여 몸만들기에 돌입했다. 역기 들고 다리 굽혀 펴기, 트랙 달리기 등으로 엄청난 땀을 흘리며 몸을 가볍게 만들었다. 그리고 그 결과가 점보시리즈에서 나타난 것이다.

마침내 국가대표선수가 되다

숭의여고 2학년 때인 1979년 11월 어느 날, 갑자기 나를 호출한 감독님은 아무 설명 없이 짐을 챙기라고 했다. 나는 영문을 모른 채 감독님을 따라나섰다. 감독님도 별 다른 설명이 없고 서울 지리를 거의 모르는 나는 택시가 어디로 가는 건지 도무지 알 수 없었다.

거리마다 가을이 깊어져 붉게 물들어가는 단풍잎들이 여린 손을 흔들고 있었다. 간혹 불어오는 바람에 힘없이 떨어지는 낙엽들이 거리로 나뒹굴었다. 사람들 발길에 밟히다가 결국 쓰레기통으로 들어가는 모습이 마치 인생의 말로를 보는 것 같아 쓸쓸한 느낌이었다.

택시는 한 시간 넘게 달리더니 마침내 온통 철창으로 둘러싸

인 건물 앞에서 멈췄다. 정문 앞에 붙은 작은 팻말의 태릉선수촌
이란 글자가 눈에 들어왔다.

'태릉선수촌에 왜 왔을까?'

그런 생각을 할 겨를도 없이 감독님은 내 어깨를 잡으며 다정
하게 말씀하셨다.

"영희야, 넌 이제 국가대표팀 소속이야. 훌륭한 선수가 되어
다시 만나자. 힘들어도 잘 참아야 돼. 넌 스타가 될 수 있을 거
야. 나 간다, 잘 있어."

그리고는 감독님은 총총걸음으로 선수촌 밖으로 걸어나갔다.
갑자기 국가대표 선수라니 어리둥절하기만 했다. 국가대표 선수
로 발탁되는 것은 모든 선수가 부러워하는 일이자 더 없이 영광
스러운 일이다. 하지만 나는 솔직히 걱정이 앞섰다. 국내대회에
서도 스피드가 늦어 번번이 지적을 받았는데, 세계대회에 나가
내 몫을 잘해낼 수 있을까 하는 걱정이었다.

우리나라와는 달리 외국선수들 중에는 장신도 많고 또 잘 뛰
는데 과연 내가 그들을 따라잡을 수 있을지, 나 때문에 득점은커
녕 도리어 패배의 원인이라도 되면 어떻게 하나 하는 생각에 마
음이 덜컹 내려앉았다.

평소 낯이 익은 농구팀 주장 언니의 안내에 따라 선수촌에서의
생활이 시작되었다. 그날 밤 낯선 곳에서의 긴장감과 함께 대표
선수가 되었다는 설레임이 겹쳐 도무지 잠을 청할 수가 없었다.

'좋아, 한번 해보는 거야. 이왕 농구선수가 됐으니 태극 마크
를 달고 국제무대로 나가야지. 이제는 국가대표가 된 만큼 열심

히 노력해서 농구로 끝장을 내는 거다.'

대표팀 선수들은 대부분 숭의여고 선배들이었고, 개중에는 동주여중에서 함께 뛰었던 친구도 있었다. 선수촌은 새벽 6시가 되면 확성기로 울려퍼지는 음악소리를 신호로 각 종목별 선수들이 지정된 운동장으로 모여들었다. 쌀쌀한 새벽바람이 옷깃을 스쳐가도 선수들 표정에서는 어떤 흔들림도 보이지 않는다.

간단한 체조로 몸을 푼 다음 종목별로 뭉쳐서 트랙을 뛰기 시작한다. 달리기에 느린 약점이 있던 나는 이 시간만 되면 잔뜩 긴장한 채 앞서 달리는 선배의 엉덩이를 놓치지 않으려고 무진애를 썼다. 어떻게든 뒤처지지 않으려고 이를 악문 채 무사히 훈련을 끝낼 수 있도록 기원하는 마음을 안고 새벽을 달렸다. 매일 그렇게 선수촌의 하루가 시작됐다.

훈련시간 때마다 나는 최고조의 긴장을 안고 임했다. 대부분 빠른 스피드를 이용한 훈련이었는데 최고의 기량과 기술을 갖춘 선배들의 날렵하고 민첩한 몸놀림에서는 어떤 힘겨운 훈련도 거뜬히 이겨낼 수 있는 여유로움이 보였다. 나도 선배들처럼 되어야 한다는 각오를 다지면서 뛰는 발걸음에 박차를 가했다. 그러던 어느 날 감독님이 나를 불렀다.

"김영희, 너는 내일부터 5시 기상이야. 특별훈련을 할 테니 그리 알도록!"

체육관 10바퀴 도는 것도 힘이 드는데 감독님은 다음 날부터 훈련 시작 1시간 전에 일어나 불암산을 빠른 걸음으로 오르내리라는 것이다. 대표선수들은 종종 불암산 코스를 달리는데 거의 마라톤 수준으로 오르내려야 한다. 그래서 우리는 불암산을 '눈물의 산'이라 불렀다.

새벽 5시. 늦가을 어둠 속의 선수촌은 적막만이 흐를 뿐이다. 겨울에 접어들면 불암산 기슭의 새벽 기온은 영하 20도를 오르내린다. 바지를 몇 겹씩 껴입고 방한복에 방한모, 마스크와 장갑을 착용해야 그나마 견뎌낼 만하다.

특히 나는 누구보다 땀을 많이 흘려야 했기에 다른 선수들보다 더 많은 옷을 껴입어야 했다. 거구의 몸집에 옷까지 몇 벌 껴입었으니 내가 뛰어가는 모습은 마치 어슬렁어슬렁 걸어가는 코끼리를 연상시켰을 것이다.

한 걸음이라도 빨리 내디뎌 앞서 가는 코치와의 격차를 최대한 줄이려 안간힘을 썼다. 그럴 때마다 거구의 내 모습을 원망하는 한편, 어떻게든 내 한계를 뛰어넘어야 한다고 마음속으로 수십 번씩 외쳐댔다. 남들보다 1시간 더 하는 훈련으로 나의 한계를 극복해야 했다.

내 목표점은 다른 선수들 코스의 3분의 1지점이다. 턱까지 차오르는 숨을 간신히 가라앉히려 들면 코치는 다시 원점으로의 회귀를 지시한다. 다시 산을 내려와 운동장에 도착하면 6시. 쉴 틈도 없이 잠시 체조로 몸을 풀고는 또다시 트랙 10바퀴를 돌기 시작한다.

가끔 한 번씩은 매일같이 반복되는 새벽훈련을 빠지고픈 생각이 간절하다. 그런 날은 몸과 마음이 물먹은 솜처럼 처져 있어 산을 오르는 발걸음이 더 없이 더디기만 하다. 그런 날이면 나

자신의 체력 보강보다는 매일 나를 훈련시키는 코치에게 보람을 안겨드려야 한다는 생각으로 입에 단내가 나도록 뛰었다.

호랑이로 소문난 대표팀 감독님이지만 나에게는 무척 자상하게 배려해주곤 했다. 바로 승의여고 감독님의 말씀 덕분인 듯했다.

"영희는 너무 무섭게 대하면 기가 죽어 운동을 못하고 따뜻하게 해주면 잘 뛰는 선수입니다."

여름에 부산 해운대로 전지훈련을 갔을 때도 내가 무릎이 아프다고 하자 나긋나긋한 목소리로 "영희야, 그럼 너는 쉬어라"라며 열외시켜주었다. 감독님은 내가 달리기 훈련을 안 하는 대신 슛이나 리바운드 잡기 연습을 집중적으로 시켰다. 다행히 슛은 자신이 있어 위안이 됐다.

국가대표 농구팀은 1진과 2진으로 나뉘어 1980년 모스크바 올림픽 준비에 들어갔다. 나중에 안 일이지만 나를 대표선수로 발탁하기에 앞서 농구협회에서 찬반 투표를 했는데 그 결과가 반반씩 나왔다고 한다. 그래서 내린 결론이 나를 2진에 넣어 키워보자는 것이었다.

그러나 미국은 정치적인 이유로 모스크바 올림픽에 참가하지 않았고 우리나라도 결국 참가를 포기한 후 전국을 돌며 연습 경기를 펼쳤다.

당시 신문에는 1진 선덕팀과 2진 진덕팀의 대결을 앞두고 이런 기사가 실렸다.

양팀은 모스크바 올림픽에 대비해 실력 평가를 위해 제1회 농구 올스타전을 치렀다. 선덕팀은 서울세계선수권대회에서 준우승 한 캐리어를 내세우고 있고, 진덕팀은 아직 한 번도 성인경기에 선보이지 않은 공포의 장신 김영희를 비롯 젊은 장신 선수들을 보유하고 있어 무시할 수 없는 파워를 지니고 있다.

우리 2진은 '언니보다 못한 동생은 없다'며 의지를 불태웠고, 1진은 '승부만큼은 양보할 수 없다'며 관중들에게 패기와 노련미의 한판 격돌을 보여주었다.

세계선수권대회를 한 달 정도 남기고부터는 대부분 팀 패턴훈련과 연습 경기를 통해 팀워크를 다졌다. 아울러 다른 나라 선수들에 비해 작은 키의 불리함을 메우기 위해 빠른 움직임과 속공 위주의 훈련이 펼쳐졌다. 그때 '연습 경기는 실제 경기처럼, 실제 경기는 연습 경기처럼'이라는 말을 귀에 못이 박히도록 들었다.

물론 연습 경기라도 쉽게 풀리지 않을 때는 감독님은 호랑이보다 더 무서운 사람이 되어 선수들의 흐트러진 정신력을 다시 가다듬게 만들었다. 대회 날이 가까워올수록 감독님 표정은 말 한마디 못 건넬 정도로 굳어 있었다.

보통 대회 일주일 전에 개최국을 향해 출발하는데 어쩌다 원정경기를 갈 때면 꼬박 하루를 하늘에 떠 있어 지루하고 답답하다. 목적지에 도착할 즈음에는 신발이 맞지 않을 만큼 발이 퉁퉁 부어 있고 귀까지 먹먹해지는 피로감에 시달린다.

하지만 호텔에 도착하면 짐도 풀기 전에 훈련복으로 갈아입고

훈련장으로 향한다. 그래도 모두가 한치 흐트러짐 없이 훈련에 몰입한다. 나는 선배들의 그런 모습을 볼 때마다 놀라움과 함께 부끄러움을 금할 수 없었다.

요즘은 세계대회에 참가할 때 주치의와 안마사까지 동행하지만 그 당시는 감독님과 코치님, 그리고 선수들만 출국했다. 쌀과 반찬은 물론 밥솥과 숟가락까지도 챙겨 갔다. 이런 취사도구나 식량운반은 늘상 내 담당이었다.

대표선수로 입단하여 처음 참가해본 불가리아 세계선수권대회의 열기는 지금도 잊을 수 없다. 아직 햇병아리였던 나는 그저 경기하는 모습을 지켜보는 것만으로도 실제 코트에서 뛰는 것 이상으로 손에 땀을 쥐게 하는 박진감 넘치는 경기였다. 우리 선수들이 훌륭한 기량과 멋진 플레이로 상대팀의 장신 숲을 어렵게 뚫고서 공이 바스켓 그물 속으로 들어갈 때면 벌어진 입이 쉽게 다물어지지 않았다. 우리 선수들을 향해 관중석에서 환호하며 기립 박수를 보내줄 때는 앉아 있는 나까지도 힘이 불끈 솟아났다.

경기마다 온 힘을 다하는 우리나라 선수들로서는 좋은 체격을 가진 서양 선수들에 비해 체력이 두 배로 소모된다. 갈 길은 먼데 지쳐가는 우리 선수들의 모습을 보면서 세계의 장신 벽이 매우 높다는 것을 처음 눈으로 확인하는 자리였다.

프랑스 갔을 때의 일이다. 그때 우리는 가정집에서 민박을 했는데 아침식사로 빵과 포도주가 나왔다. 포도주가 어찌나 맛있어 보이는지 얼른 잔을 집어들자 선배의 불호령이 떨어졌다.

"어린 것이 무슨 술이야? 냄새도 맡으면 안 돼."

결국 포도주는 선배들만 마시고 나는 침을 삼키며 구경만 할 수밖에 없었다. 그러나 설거지를 하던 나는 포도주에 대한 유혹을 이기지 못하고 반 병 남아 있던 포도주를 숨도 안 쉬고 병째 다 들이켜버렸다.

그러나 혀끝의 달콤함은 잠깐, 순간 술기운이 확 오르면서 빙그르르 도는 느낌에 밖으로 나가 서성거렸다. 그런데 한참이 지나도록 술이 깨지 않았다. 아무리 포도주라 하더라도 순식간에 반 병이나 마셨으니 당연한 일이었다.

낌새를 챘는지 안에서 나를 찾는 선배의 날카로운 목소리가 들려왔다. 안으로 들어가자 선배들이 다짜고짜 얼굴을 내 입 쪽으로 들이대며 코를 킁킁거렸다.

"김영희, 너 술 먹었지?"

"아아, 저 살짝 맛만 봤는데요."

나에게 나는 술냄새가 살짝 맛만 본 게 아니라는 것을 알아차리지 못할 선배들이 아니었다. 나는 그 추운 겨울날 집 밖에서 덜덜 떨며 금단의 열매를 따먹은 대가를 호되게 치러야 했다.

LA올림픽 영광 이면에 자리한 비애

점보시리즈를 끝내고 모처럼만에 가족과 정겨운 시간을 보내고 있을 때 이른 아침부터 전화벨이 울려댔다. 순간 긴장감이 감돌았다. 전화 수화기를 들자 감독님의 쩌렁쩌렁한 목소리가 울

1983년 존슨 배에서 출전한 대만과의
경기 모습. 우리나라 대표팀은 이 대
회에서 우승했다.

LA올림픽에 출전, 은메달을 목에 건 1984년.
메달 획득의 영광보다 벤치를 지킨 아픔이
더 크게 남은 대회였다.

여자 농구팀에 대한 애정과 후원을 아끼지 않았던 한
국화장품 임광정 회장님의 생신. 오른쪽에 꽃을 꽂은
분이 임 회장님이다.

려나왔다.

"내일 정오까지 태릉선수촌으로 집합!"

한국화장품 선수로 뛸 당시 제대로 쉬어본 적이 한 번도 없었다. 실업팀 경기가 끝나면 대기하고 있던 대표팀 버스에 올라 곧장 선수촌으로 들어갔다. 그리고 대표팀으로 해외경기를 마치고 선수촌에 도착하면 해산식 하기가 무섭게 실업팀 버스가 훈련장으로 실어갔다.

다음 날 선수촌에 도착하자 여러 선수들이 웅성거리고 있었다. 감독님은 목에 잔뜩 힘이 들어간 목소리로 말했다.

"여러분은 이제부터 LA올림픽에 출전하는 한국 대표선수들이다. 한 사람도 낙오되는 일 없이 훈련을 받아 반드시 메달을 손에 쥐어야 한다. 그것이 나라의 영광이자 여러분의 영광이다. 알았나!"

1984년 LA올림픽을 앞두고 1년 전부터 각 종목 선수들은 선수촌에서 힘든 훈련을 견뎌내며 피땀을 쏟았다. 여자농구팀은 겨울 리그를 치르면서 부상자가 많은 탓에 훈련에 참가할 수 있는 선수가 몇 되지 않을 정도였다. 그러나 평생 한 번 참가하기도 어려운 대회인 만큼 선수들의 각오는 남달랐다. 더구나 큰 키 외에는 아무것도 갖추어져 있지 않은 나에게 올림픽 참가 기회가 주어졌다는 것은 더없는 영광이었다.

세계 선수들이 모이는 올림픽인 만큼 장신의 벽이 높았다. 나는 선수촌에 처음 입소했을 때처럼 매일 새벽 5시에 기상해 코치님을 따라 불암산에 올랐다. 감독님은 어떻게든 나를 스피드 있

는 선수로 키우고 싶어했다. 어느덧 대표선수로서의 경력이 쌓이다 보니 선수촌에도 많은 후배들이 생겨났다.

LA올림픽은 공산권 국가들이 불참한 가운데 치르는 대회여서 우리나라로서는 메달 가능성을 높일 수 있는 기회였다. 외소한 체격의 단점을 극복하기 위하여 강도 높은 훈련과 웨이트 트레이닝으로 근육파열을 비롯해 많은 부상자들이 생기는 와중에도 반드시 메달을 확보하겠다는 강인한 의지력으로 훈련을 받았다.

대회까지 1년을 앞둔 시점에서는 볼 컨트롤 시간보다 체력훈련 시간이 더 많았다. 외국 선수들의 장신 벽을 넘으려면 기동성이 좋아야 하기 때문이다. 오전에는 뛰어다니고 오후에는 웨이트 트레이닝을 했다. 그리고 현지 적응훈련을 위해 미국 콜로라도주의 해발 2,300m 고지에서 한 달간 훈련도 받았다. 그곳은 선수촌 트랙과는 달리 고지가 높아 운동장 5바퀴만 돌아도 모두들 지쳐 숨을 헐떡거렸다.

마침내 LA올림픽을 향해 출국했다. 경유시간을 포함해 29시간이나 걸리는 LA까지 좁은 3등석 의자에 앉아 있으려니 좀이 쑤셨다. 꽤 거구의 흑인도 내 옆에 앉아 있으니 어린 아이로 보였다. 그 흑인이 나에게 '로스앤젤레스에 가느냐'고 물었다. 나는 의기양양하게 대답했다.

"노! 아이 고 투 엘에이."

옆에서 듣고 있던 선배들이 깔깔거리며 웃는다.

여자농구팀은 동메달이 목표였다. 마침내 4강에 진출한 우리는 메달권에 진입했다는 것만으로도 흥분된 마음을 감출 수 없었다.

경기가 갈수록 힘겨워지기는 해도 초반에 계속된 승리의 힘이 동메달을 확보하는 행운을 안겨다 주었다. 구기종목에서, 더구나 한국의 여자농구가 첫 동메달을 확보했다는 소식은 우리나라 국민에게 생방송으로 중계됐다. 선수들의 몸은 지칠 대로 지쳐 있었지만 동메달을 확보했다는 흥분이 은메달을 향한 자신감으로 이어졌다.

은메달을 놓고 겨루어야 할 상대는 만리장성처럼 버티고 있는 중국이었다. 중국 팀에는 2m가 넘는 장신 선수가 있어 우리 팀에게 적지 않은 부담이 됐다.

중국과의 대결은 전 세계 TV를 통해 중계되어 우리나라 역시 실시간으로 경기를 볼 수 있었다. 경기가 시작되자 우리 선수들은 빠른 속공과 외곽 슛으로 상대를 진압해 들어가며 젖 먹던 힘을 다해 뛰어다녔다.

그러나 예상했던 대로 중국의 2m가 넘는 장신 선수를 막기란 쉽지 않았다. 중국 선수가 골 밑에서 공을 잡아 어렵지 않게 바스켓에 집어넣는 모습은 나와 비슷했다. 나 역시 그처럼 2m가 넘는 큰 키이지만 그 선수를 상대하기엔 부족한 면이 많아 보였다.

대표선수로 발탁되어 국제대회에 참가할 때마다 나는 벤치멤버였다. 벤치에 앉아 후배들이 뛰는 모습을 지켜보면서 수건과 물을 건네주는 일을 했다. 코트 바닥에 땀이 떨어지면 그 땀을 닦는 일도 도맡아 했다. 수많은 세계대회에 참가했지만 나에게 주어진 가장 큰 역할은 태극기를 들고 입장하는 것이었다. 김포

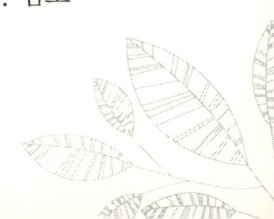

공항에 입국할 때도 제일 먼저 등장하는 사람은 기수인 나였다.

경기가 제대로 풀리지 않아 보이면 이 기회에 큰 키의 위력을 십분 발휘하여 선수들에게 작은 보탬이 되고 싶었지만 나에게는 기회가 주어지지 않았다. 자신감이 있어도 감독님에게 내 의견을 말할 용기가 없었다.

그러나 이번 올림픽에서만은 외국의 장신 선수들을 제치고 반드시 득점하리라고 스스로에게 용기를 불어넣었다. 그래서 감독님께 인정받는 선수가 되고 싶었다. 부모님도 당신 자식이 열심히 땀을 흘리며 국위선양 하는 모습을 동네 사람들에게 자랑하고 싶을 것이다.

'차라리 키라도 작았으면 뛰어보기라도 할 텐데. 여기까지 와서 벤치만 지키고 있다니…….. 국내경기에서는 코트를 휘저으며 수훈을 세웠는데 이게 뭐란 말인가. 나는 왜 죽어라 연습하는데 스피드가 붙지 않을까. 내 몸은 왜 점점 둔해지기만 하는 걸까…….'

경기가 진행되는 동안 순간순간 내 큰 키를 원망하며 아픈 가슴을 달래야 했다. 나도 뛸 수 있게 해달라고 감독님에게 말하기에는 나 자신을 너무나 잘 알고 있었다. 경기의 승패를 떠나 국제무대에서 제대로 뛰어보지 못한 내가 어찌 올림픽에서라고 뛸 수 있겠는가.

우리 팀은 마침내 만리장성을 뛰어넘어 은메달을 확보했다. 선수들은 한데 엉겨서 기쁨의 눈물을 흘리고 있었지만 나는 홀로 벤치에 앉아 슬픔의 눈물을 흘려야 했다.

숙소로 돌아오자 선수들은 너나 할것없이 가족들에게 전화를 걸어 승전보를 알렸다. 나도 어머니에게 전화를 걸었다. 어머니도 분명 TV 중계를 보았을 것이다. 가까이 있는 것조차 보이지 않을 만큼 시력이 나빠 화면으로는 보지 못하고 아나운서의 목소리에 귀기울였을 것이다. 그런데 딸의 이름을 한 번도 듣지 못한 것이다.

어머니는 대뜸 "너는 뭐하느라 한 골도 못 넣었어?"라며 핀잔투의 말을 했다. 그러잖아도 하루 종일 침울해 있던 나는 어머니의 그 말에 바로 전화를 끊고는 화장실로 달려가 엉엉 소리내어 울었다.

'이럴 줄 알았으면 국가대표선수가 되지 말았어야 했어. 국내경기에서는 항상 이름을 날렸잖아. 근데 정작 중요한 국제대회에서는 이게 무슨 꼴이지. 이제 선수로서 생명이 끝난 게 아닐까?

이런 생각이 들자 떳떳하지 못하다는 자괴감에 날이 갈수록 말수가 줄어들고 웃음마저도 사라졌다. 선수들과 함께하는 시간보다 홀로 지내는 시간이 길어졌다.

그로부터 2년 후 86서울 아시안게임 때 박찬숙 선배의 결혼으로 공백이 생기면서 마침내 내가 두각을 드러낼 수 있는 기회가 왔다. 모처럼만에 찾아온 좋은 기회인데 신은 그것조차 허락지 않는 것 같았다. 갑작스런 허리부상으로 팀 훈련조차 힘이 들었다. 신장이 나빠져 결국 허리에까지 무리가 온 것이다. 그때 신동파 감독님이 걱정스럽게 물었다.

"김영희 몸이 왜 그래?"

"허리가 아파 뛰기가 힘들어요. 침 맞고 나면 좀 낫겠죠."

"너 중국전에서 뛰어야 하는데 조심해."

신 감독님은 이렇게 나를 주목했다. 그러나 갑자기 다가온 불운으로 팀 훈련에 참가할 수 없었다.

아시안게임이 열리고 농구 결승전에서 또다시 중국과 금메달 경쟁을 벌였다. 장신 선수와 붙어본 경험도 없고 무엇보다 속도가 느려 따라잡을 수가 없었다. 결국 우리는 중국에 패해 은메달에 만족해야 했다. 나는 기회가 주어져도 역할을 제대로 해내지 못했다. 그때부터 농구는 나에게 고통이자 저주스러운 존재일 뿐이었다.

농구는 축복이자 저주였나

한국화장품에 새로 부임한 코칭스태프는 젊은 혈기로 강도 높은 훈련을 실시해 거구인 나에게는 무리가 갈 수밖에 없었다. 순발력과 기동성이 점점 떨어지고 있는 나는 민첩하게 몸을 놀리는 선수들을 따라다니기만 하는 것으로도 힘에 부쳤다.

그런 나 자신이 너무나 싫었다. 내가 항상 뒤처지는 바람에 다른 선수들에게 부담을 주는 듯했다. 자꾸만 둔해져가는 나의 몸무게는 130kg을 육박하고 있었다.

몸이 정상이 아닌 것 같아 감독님에게 병원에 한번 데려가 달라고 이야기하고 싶었다. 하지만 혼날 것이 두려워 그만두었다.

고된 훈련을 받다 보면 꾀병이라도 부려서 쉬고 싶을 때가 있다. 선수들의 그런 심리를 잘 파악하고 있는 감독님 앞에서는 뼈가 부러지든지 피가 나든지 겉으로 드러나는 증상이 있어야 하소연 할 수 있었다. 살이 찌고 둔한 것은 많이 먹고 운동을 열심히 하지 않은 것으로 보이기 십상이었다.

그러던 어느 날, 눈이 갑자기 침침하고 발가락에 감각이 없기에 결국 병원을 찾아 검사를 받았다. 그런데 뜻밖에도 당뇨병이라는 진단이 내려졌다. 감독님은 너무 많이 먹어서 생긴 병이라며 음식조절을 하라고 했다.

"혼자서 몰래 뭘 많이 먹고서 살이 찐 것 같은데……."

나는 하루 세 끼 식사도 반으로 줄였다고 항변했지만 감독님은 내 말을 믿으려 하지 않았다.

"김영희는 오늘부터 물도 마시지 말고 낮잠도 절대 자서는 안 돼. 매일 사우나 가서 땀 흘려 체중을 줄여!"

그리고는 다른 선수들에게도 지시를 내렸다.

"다들 앞으로 영희가 뭘 먹지 못하도록 감시해. 알았나!"

그때부터 살갑게 대하던 선배·후배들까지 나의 엄격한 감시자가 되었다. 갈증을 이기지 못한 나는 1.5리터짜리 음료수를 가방에 몰래 숨겨 다니며 틈만 나면 마셔댔다. 그리고 밤이 되면 화장실 들락거리기에 바빴다. 매일 적게 먹고 땀을 흘리자 얼마 지나지 않아 몸무게가 15kg 줄어들었다.

그때는 내 당뇨병이 뇌종양으로 인한 것인 줄 모르고 있었다. 당뇨가 얼마나 심하든 몸만 아프지 않으면 운동을 할 수 있을 것

같았다. 그러나 다리가 천근만근 무겁고 하루 종일 멍한 상태가 지속됐다. 차라리 다리가 뚝 부러지기라도 했으면 좋겠다는 생각까지 들었다. 그러면 감독님도 내 병을 인정하실 것 같았다. 나는 더 이상 농구를 하고 싶지 않았다.

실업팀에 입단한 지 6년 차 되는 해이자 88서울올림픽을 앞두고 태릉선수촌에서 맹훈련을 하고 있을 때 나는 마침내 결단을 내리고 부모님을 찾아갔다.

"아버지, 저 이제 농구 그만둘래요. 도저히 몸이 따라주질 않고 팀원들에게도 거추장스런 존재밖에 안 돼요."

아버지는 내 편이 되어주지 않았다.

"영희야, 조금만 더 참아라. 한 번 더 올림픽에서 메달을 따면 너도 장래가 보장되지 않겠니. 힘들게 여기까지 왔는데 지금 그만두면 아쉽잖니."

나는 발칵 화를 냈다.

"아버지는 왜 이렇게 제 마음을 몰라주세요! 저 지금 꾀병 부리는 게 아니에요. 몸이 아파 당장 쓰러질 것 같아요. 이제 공은 쳐다보기도 싫어요."

어머니도 나를 달래듯이 말했다.

"얘야, 운동선수가 네 운명인데 어떻게든 극복해야지. 지금 운동을 그만두면 너 뭐 할래?"

내가 유일하게 믿고 의지하는 부모님조차 내 몸과 마음의 심각함을 몰라주는 것 같아 너무도 속이 상했다. 부모님만큼은 무조건 내 뜻을 받아주실 거라 믿었는데 그게 아니었다. 물론 딸의 이런 상황을 지켜만보고 있어야 하는 당신들 마음도 결코 편치만은 않았으리라.

그리고 사실 부모님 말씀은 하나 틀리지 않았다. 여기서 포기하면 이제까지의 고생이 물거품 될 것이고, 농구밖에 모르고 살던 내가 새삼 무엇을 할 수 있을지 막막한 건 사실이었다. 내 의지대로 농구를 그만두는 일도 쉬운 것만은 아니라는 생각이 들었다.

'그래, 다시 한번 해보자. 코트에서 쓰러지는 그날까지 농구인생으로서의 삶을 다해보자.'

마음속으로 이런 다짐을 수도 없이 했지만 다시 숙소로 돌아오는 발걸음은 결코 가볍지 않았다.

훈련이 끝나고 잠시 휴식시간이 돌아오면 선수들은 다음 훈련에 대비해 잠시 취침에 들어가지만 나는 사우나탕 안에서 땀을 빼야 했다. 그리고 팀 선수들마저도 나를 멀리하면서 어느 날부턴가 철저히 외톨이가 되어 있었다.

시간이 흐를수록 농구공이 점점 더 싫어졌고, 나아가 훈련장으로 들어가는 것조차 두려웠다. 하루 빨리 내가 머무는 곳에서 벗어나고픈 마음뿐이었다.

어느 날 아침 머리를 빗는데 두피에 아무런 감각이 없었다. 손톱으로 찍어 눌러도 마찬가지였다. 내 머리가 아닌 것처럼 느껴졌다. 다음 날에는 팔에 감각이 없어 제대로 들기가 어려웠다. 경기장에 나서자 심한 두통과 함께 목 뒷덜미도 마비된 듯 무감

각해졌다. 더럭 겁이 났지만 감독님에게 말해봤자 '꾀병' 진단을 내릴 게 분명해 이를 악물고 정신력으로 버텨냈다.

그런데 훈련 전에 먹은 진통제 다섯 알 때문인지 정신이 몽롱해지더니 앞이 잘 보이지 않았다. 훈련이 끝나고 계단을 내려가다 결국 발을 헛디뎌 발목을 삐었다. 그날 밤 온몸의 통증 때문에 밤새 잠을 이루지 못한 채 끙끙거리며 뜬눈으로 밤을 새웠다. 그리고 며칠 후 반신 마비증세와 함께 눈앞에 아무것도 보이지 않으며 그대로 쓰러졌다.

"조금만 늦었어도 두 눈 모두 잃을 뻔했습니다. 뇌장애로 인해 당뇨 증세까지 있습니다."

그동안의 통증이 뇌종양 때문이라는 설명을 듣고 나자 감독님이 그렇게 원망스러울 수가 없었다. 머릿속에서 오래도록 커져가고 있던 혹이 시신경을 압박해 시각장애가 일어났고 나아가 다른 기능까지 차단시켜 온몸의 통증이 있었던 것이다.

며칠 후 나는 대표선수 지정병원인 고대 부속병원에서 뇌수술을 받았다. 머리의 혹을 제거하기 위해 입을 통해 혹을 긁어내는 14시간의 대수술이었다. 혹을 완전히 제거하기에는 생명의 위험이 따라 일부는 방사선 치료로 대신하기로 했다.

수술실에 들어가기 전 나는 떨리는 마음의 환자가 아니라 화려한 재기를 꿈꾸는 농구선수 김영희가 되어 있었다.

'나는 이제 살았어. 퇴원 후 복귀하면 진짜 멋진 농구선수가 될 거야. 느림보 코끼리에서 펄펄 뛰는 코끼리로 또 한 번 변신할 거야. 우리 농구팀에서 꼭 필요한 선수가 될 거야.'

수술 후 병원에 있던 6개월 동안 나는 재기의 꿈을 키우며 나홀로 새벽 훈련을 했다. 병상에 있으면서도 대표선수로 뛰고 있다는 착각에 빠져 있던 것이다. 그리고 재기의욕이 강했던 만큼 투병의지도 강했다. 이 소식을 듣고 병문안 온 한국화장품 감독님이 무척 기뻐하며 나를 독려했다.

"영희야, 네가 빠진 후 팀성적이 좋질 않아. 다시 국내대회의 패권을 잡아야지! 너는 이제 좋은 역할을 할 수 있어. 하루 빨리 회복해서 복귀해. 이제 본격 코끼리 시대가 온 거라구!"

의욕에 넘친 나머지 나는 아직 몸이 완전히 회복되지 않은 상태로 훈련에 참가했다. 그러나 합숙훈련을 한 지 3개월 만에 몸에 또다시 마비가 와 코트에서 쓰러져 병원으로 이송됐다. 무리한 운동으로 완전히 제거되지 않은 머리의 혹이 재발한 것이다.

어떻게든 나를 다시 코트에 세우려고 했던 감독님은 의사의 설명을 듣고 오더니 침통한 표정으로 입을 열었다.

"영희야, 아쉽지만 운동을 그만두어야 할 것 같다."

그것으로 끝이었다. 내 농구인생이 마침내 막을 내린 것이다. 나도 통제할 수 없는 내 몸의 불운은 더 이상 농구선수로 살게 놔두지 않았다. 나에게는 농구뿐이라고 생각했지만 내 운명은 그 꿈마저 앗아가버렸다.

나는 결국 스무일곱 살의 나이에 은퇴를 해야 했다. 은퇴식도 없는 쓸쓸한 은퇴를.

감독님이 내 의사를 물었다.

"너 은퇴식 하고 싶으냐?"

나는 그런 은퇴식은 하고 싶지 않았다.

"경기 끝나고 하는 은퇴식이라면 몰라도 이렇게 병실에서 하는 것은 마음 내키지 않아요."

은퇴 후 내 유일한 즐거움은 한국화장품팀 경기를 관전하는 것이었다. 89농구대잔치의 열기가 더해가고 있을 때 잠실학생체육관을 찾은 나를 알아본 팬들이 쑤군거렸다.

"아니, 은퇴한다는 말도 없었는데 왜 코트에 안 나가고 관중석에만 앉아 있습니까?"

나는 "뇌종양 수술을 받아 더 이상 뛸 수 없다"며 웃으며 말했지만 마음속으로는 눈물이 흘러내렸다. 남들이라면 한창 인생의 단맛을 알아가는 나이에 나는 인생의 무덤을 향해 나아가는 기분이었다.

'나에게는 운동이 전부인데……. 내 나이 아직 스물일곱밖에 안 됐는데 어찌 이런 시련을 겪어야 하나. 거인의 몸이 되어 아픔을 겪더라도 농구만 할 수 있다면 그런 아픔쯤은 얼마든지 삭일 수 있을 텐데…….'

내 목숨 다하도록 농구에 전부를 쏟았는데 왜 나에게 이렇게 가혹한 아픔을 주는 것인지 하늘이 원망스럽고 세상이 밉기만 했다. 이 큰 키와 큰 몸집으로 사회에서 할 수 있는 일은 아무것도 없었기에 어느 자리에 있어도 막막하기만 했다.

어쩌다 마음이 가라앉았다가도 TV에서 농구경기를 중계할 때면 내 마음은 또다시 요동을 쳤다. 더구나 같은 팀 동료들과 선배들의 경기모습을 지켜볼 때의 내 마음은 갈가리 찢어지는 것 같았다. 다가온 운명을 뒤바꿀 수 없다는 것을 알면서도 매일매일이 견딜 수 없는 괴로움의 연속이었다.

거울을 안 보는 여자

내가 전국대회에 처음 참가한 것은 숭의여고 2학년 때이다. 남녀 종별선수권대회 개막식 날, 전국 고등학교 농구팀과 실업팀 선수들로 열기를 내뿜는 장충체육관은 그야말로 정신을 차릴 수 없을 정도였다. 발 디딜 틈 없이 가득 찬 관중석은 선수들의 마음을 흥분의 도가니 속으로 빠져들게 하기에 충분했다. 그만큼 당시 농구는 일반인들에게 매우 인기 있는 스포츠였다.

그중에서도 여자농구에 대한 환호는 대단했다. 스타 선수들의 멋진 플레이가 펼쳐질 때마다 관중석의 함성과 응원소리는 체육관이 떠나갈 듯 울려퍼졌다. 실업팀 경기가 열리는 날엔 그 함성은 배가 되는 듯 뜨거웠다.

마침 우리 팀이 출전하는 날, 체육관 안으로 들어서는 순간 관중들에게서 뿜어져나오는 열기는 워밍업도 하지 않았는데 이마에 땀이 송골송골 맺히게 했다. 경기가 시작되자 모든 시선이 나에게 쏠리는 듯했다. 갑자기 나타난 거구의 모습에 관중들은 놀란 나머지 입을 다물지 못했다. 경기를 지켜보는 각 팀의 감독님과 농구 관계자들 역시 내 일거수일투족에 집중하고 있었다.

골 밑에 떡 버티고 서 있다가 우리 팀이 높이 던져주는 공을 받아서 간단하게 골대 안으로 집어넣는 모습에 관중들은 열광했

다. 내 주위로 3~4명의 선수들이 붙어 밀착방어를 했지만 속수
무책이었다. 상대팀의 어떤 작전도 먹혀들지 않았다. 상대팀이
우왕좌왕하는 사이 우리 팀의 발 빠른 선수들이 속공으로 밀어
붙여 첫 경기는 가볍게 승리했다.

다음 날 TV 신문 할것없이 모든 언론에서는 '인간 장대가 나
타났다'며 나의 활약상을 보도했다. 언론에서는 나의 활약상뿐
아니라 앞으로의 전망에 대해서도 보도했다.

큰 키의 위력은 농구에 유리하긴 해도 순발력과 기동성이 부족하다. 이런
단점만 잘 보완하면 손색없는 선수로 대성할 것이다.

당시 나는 감독님에게 개별적으로 특수훈련을 받았다. 감독님
은 내 다리의 힘을 키우기 위해 다양한 트레이닝을 시켰다. 쉬는
시간이면 오락 겸 발야구 경기를 하며 다리 힘을 키웠다. 키가
커가면서 뼈가 약해져 관절의 연골조직이 거의 없어지다시피 했
다. 그래서 나의 최고 아킬레스건은 무릎이었다. 이것을 눈치 챈
상대팀 선수 중에는 일부러 내 무릎을 부딪치며 공격해오는 일
도 적지 않았다.

곰곰 생각해보면 내 불운의 조짐은 여고 3학년 때부터 시작된
것 같다. 3학년 때 출전했던 종별 선수권대회에서 우리는 선일
여고 팀에게 패했다. 상대팀 선수들은 내 큰 키를 무너뜨리기 위
해 특별훈련을 한 듯했다. 내가 스피드가 늦어 슛할 때마다 한
템포 늦다는 것을 간파한 그들이 속공 플레이를 펼치는 바람에

여지없이 당한 것이다.

세계대회에서는 나와 같은 장신이 오히려 단점으로 작용한다. 장신 선수들은 대개 느릴 뿐 아니라 빨리 지치게 되어 있다. 이런 단점을 보완하지 않는 한 세계경기에 나서기란 쉽지 않은 일이다.

선수로서 기대감을 충족시키지 못하자 팀 승리의 순간에도 나 혼자만이 미소가 피어나지 않았다. 경기 후 동료들은 삼삼오오 짝을 지어 놀러다닐 때도 나는 숙소에서 홀로 빈 방을 지켜야 했다. 이런 모습을 안타까이 여긴 대표팀 감독님은 나에게 특수훈련까지 시킨 것이지만 내 거대한 몸은 여전히 기대에 미치지 못했다.

그런 시간들은 계속해서 앙금이 되어 가슴에 쌓이기 시작했고 마침내 상처가 되어 내 영혼마저 갉아먹을 줄 그때는 몰랐다. 나는 아직 여린 감성의 열여덟 살 소녀에 불과했던 것이다.

그런 가운데 어느덧 고등학교를 졸업하고 실업팀에 들어가고부터는 농구선수로서 보다 성숙함을 보여줘야 했다. 그러나 2m를 넘어서기 시작한 키, 농구공을 한 손에 잡을 정도로 큰 손, 그리고 맞는 신발을 구하기가 어려울 만큼의 거대한 발은 거인의 모습 그대로였다.

그때부터 나는 거울을 들여다보지 않았다. 방의 거울은 물론이고 핸드백 속의 손거울까지도 쓰레기통에 처넣어버렸다. 세면장에서는 애써 거울을 외면했다. 나는 영원히 내 모습을 잊어버리고 싶었다.

몸무게 또한 120kg으로 불어나 밤이면 무릎 관절의 통증 때문에 아픈 다리를 끌어안고 밤을 지새웠다. 그리고는 어김없이 찾아오는 새벽이 되면 절룩거리는 다리를 이끌며 운동장을 돌아야 했다.

어쩌다 집에서 잠 자는 날에는 어머니가 밤새 내 다리를 주물러주었다. 어머니는 다리를 주물러주면서 언제나 똑같은 말씀을 하시곤 했다.

"은혜든 정이든 사람이 받기만 하는 건 도리가 아니다. 베풀고 살 줄 알아야 인간의 도리이고 복도 받는 법이란다."

그 당시는 어머니의 끝도 없는 이런 말씀이 그다지 마음에 와 닿지 않았다. 내 머릿속에는 농구만이 있을 뿐이고, 거인의 모습을 띤 내 신체에 대한 불만이 마음 가득했기 때문이다. 그리고 집에 가면 지친 몸을 쉬고만 싶을 뿐 어머니 말씀의 깊은 뜻까지 받아들일 가슴이 없었다.

나의 신체적 조건이 늘상 나를 우울하게 했지만 그렇다고 농구를 포기하고 싶은 마음은 없었다. 농구 없는 김영희는 존재의 의미가 없었다.

고등학교 졸업식 후 정문을 나서자 한국화장품 감독님이 차를 대놓고 대기하고 있었다. 새로 입단한 실업팀은 내가 프로선수로서 본격적인 활동을 하는 곳인 만큼 감회가 새로웠다. 이제는 선수이기 전에 한 회사의 직원으로서 주어진 임무에 충실해야 했다. 선수로서 좋은 성과를 거두어야 한다는 책임감이 학생 때와는 또 다른 느낌으로 내 어깨를 내리눌렀다. 갈수록 어려워지기만 하는 농구의 길이 내심 불안해지기까지 했다.

항상 상위권에 올라 있는 한국화장품의 팀원들은 명성에 걸맞게 빠른 몸놀림과 최고의 기량을 갖추고 있었다. 속도전에서 처지고 있던 나는 훈련 첫날부터 긴장의 연속이었다. 훈련은 날이 갈수록 강도가 높아지고 발 빠른 선수들의 꽁무니만 따라다니는 내 처지에 조바심이 났다.

너무나 커버린 내 모습을 원망하는 나와는 달리 감독님과 코치님, 그리고 선배 언니들의 내 큰 키에 거는 기대까지 저버릴 수는 없는 일이었다. 우리 팀은 나의 큰 키를 이용해 패권을 꿈꾸고 있었던 것이다. 내 한 몸의 중력도 감당해내기 어려운 상황에서 무거운 책임감까지 짊어지다 보니 이중 삼중의 심적 고통이 따랐다.

실업팀 입단 후 처음 출전하는 전국대회가 며칠 앞으로 다가왔다. 감독님과 코치님, 그리고 선수들은 바짝 긴장한 모습이었다. 그 긴장도는 여고시절이나 국가대표 선수 때와는 또 다른 여운이 느껴졌다. 승패 여부가 회사 매출과 직결되었기 때문이다.

특히 화장품 업계의 경쟁업체인 태평양화학과 경기가 있는 날이면 회장님 이하 임원진들이 스탠드에 앉아 지켜보는 바람에 우리는 숨도 제대로 쉴 수 없었다. 그들과의 경기에서 패하는 날은 거의 초상집 분위기였고, 이기면 곧바로 회사 매출의 수직상승과 함께 푸짐한 포상이 기다리고 있었기 때문이다.

우리 팀은 물론이지만 회사에서 나에게 거는 기대 또한 만만

치 않았다. 숙소에서 쉬다가도 외국에서 손님이 오면 우리는 쏜 살같이 체육관으로 달려가 훈련을 했다. 그러면 늘상 회사 간부 는 나를 불러내 우리나라에서 가장 키가 큰 선수로서 앞으로 세 계무대에서 두각을 드러낼 것이라고 소개시켰다.

그러나 기대가 크면 실망도 크게 마련. 마침내 출전한 첫 경기 에서 기대에도 못 미치는 성적을 냈다. 나는 키값은커녕 처음부 터 꼬인 매듭이 끝까지 풀리지 않아 오히려 경기를 망쳐버렸다. 고등학교 시절같이 쉽게 바스켓으로 공이 들어가지도 않았다. 그리고 신체적 조건도 악화된 데다 상대팀 선수들이 민첩한 몸 놀림으로 능숙하게 나를 마크하는 바람에 경기 초반부터 난항에 부딪혔다.

길은 갈수록 더욱 험난해지는데 행운의 여신마저도 나에게서 고개를 돌리는 것 같았다. 이럴 때일수록 더욱 정신을 추슬러 나 스스로를 일으켜세워야 하는데도 날이 갈수록 의지력마저 점점 약해지고 있었다. 그런 날이 많다 보니 소리 없이 눈물 흘리는 날도 많았다.

그리고 그 아픔은 왠지 모르게 또 다른 불운을 예고하는 것만 같았다.

CHAPTER_3

농구는 내 운명

소녀 가슴에 자리잡은 큰 키에 대한 열등감

내 학창시절은 큰 키로 인한 주변사람의 조롱과 그에 따른 가슴 앓이, 그리고 농구와의 만남으로 보람을 찾던 추억이 교차된다.

시골 할머니댁에서 초등학교를 다니던 나는 5학년 때 부산 석포초등학교로 전학을 왔다. 그때 내 키는 175cm를 넘어서고 있었다.

그 시절 또래아이들보다 월등하게 크다는 것은 자랑거리가 되지 못했다. 오히려 여자의 큰 키는 또래아이들에게 둘도 없는 조롱감이었다. 정말 키가 작아지는 약이라도 있으면 먹고 싶었다. 초등학교 시절 내 귓전을 때리는 "키꺽다리다!" "무슨 가시나가 저래 크노?"와 같은 비아냥거리는 소리는 소녀의 여린 가슴에 열등감을 심어주었다.

안타까운 표정으로 바라보는 부모님이나 선생님은 내가 상처라도 받을까 무척 조심스럽게 말을 했다. 그러나 아이들의 놀리는 소리뿐 아니라 동네 어른들이 던지는 무심한 한 마디는 비수처럼 꽂히어 생채기를 냈다.

"아따 그놈 장군감이네. 남자로 태어났으면 한몫 할 텐데……."

마치 내가 남자로 태어나야 하는데 여자로 잘못 태어났다는 듯이 이렇게 얘기하는 사람들도 많았다. 지금이라면 남자가 할 일을 여자라고 못하겠느냐고 항변할 수 있겠지만 열 살 소녀로서는 그들 말대로 정말 내가 잘못 태어난 게 아닌가 하는 생각만 할 수 있었다.

하지만 나는 이런 소리를 들을 때마다 냅다 집으로 달려와 이불을 뒤집어쓰고 엉엉 소리내어 울었다. 허구한 날 이런 일이 있다 보니 행동이 위축될 수밖에 없었다. 어쩔 수 없는 등하교 길 외에는 낯선 길을 가는 게 두려웠다. 그 길에서 만날 사람들의 휘둥그레 뜬 눈과 마주치고 싶지 않았다. 그들은 마치 나를 외계인 바라보듯 쳐다보았다.

학교가 파하고 집으로 향하는 길도 될 수 있으면 어른들이 있는 곳을 피해 동네 어귀를 돌아서 가야 하는 불편함을 견뎌야 했다.

내가 사는 세상에는 정상적인 신체와 비정상적인 신체를 가진 두 종류의 사람들만 있었다. 유별나게 큰 키의 나는 비정상적인 사람이었다. 한쪽 눈이 없는 사람들이 사는 나라에서는 두 눈 가진 사람이 별종 취급을 받듯 나는 별종이었고 그래서 늘상 소외되는 느낌이었다.

나는 마치 장애아가 된 느낌이었다. 어른들이 던지는 말 속에

는 가시가 박혀 있는 것 같았다. 그러나 한 마디 대꾸도 못하고 그저 속으로만 항변할 뿐이다.

'아저씨, 왜 자꾸만 저를 놀리시는 거예요? 저의 큰 키로 아저씨를 괴롭히기라도 했나요? 키 큰 게 무슨 죄가 되나요?'

나는 가능한 고개를 숙인 채 남의 시선과 마주치지 않으려고 애를 썼다. 사람들을 만나면 피해서 달아나는 것만이 내가 할 수 있는 유일한 대책이었다. 평범한 일상이 나의 가장 큰 바람이었다. 아무도 나를 보고 놀란다거나 한 마디 던지지 않는 그런 곳에서 살고 싶었다.

소녀시절 내 몸에 대한 열등감은 앞으로 펼쳐질 굴곡 많은 삶의 전초전이었는지 모른다. 내가 앞으로 걸어가야 할 험난한 가시밭길의 시작에 불과한…….

다섯 살이 되던 해부터 키가 부쩍 자라기 시작한 나는 초등학교에 입학하면서 또래아이들보다 머리 하나는 더 커져 있었다. 초등학교 5학년 때의 일이다. 짓궂은 남학생들이 화장실에 가는 내 뒤를 졸졸 따라다니면서 "키꺽다리"라며 놀려댔다. 나는 화장실 가는 것조차 조심스러워 되도록 물을 적게 먹었다.

학교에 와도 놀리는 남학생투성이라 수업시간에 선생님 말씀이 귀에 잘 들어오지 않았다. 공부에 재미가 없다 보니 시험을 치면 아는 문제보다 모르는 문제가 더 많았다. 더구나 운동 할 때는 수업 빠지는 날이 많아 학습진도도 따라가기가 어려웠다. 그래도 나를 위로해주는 친구들의 도움으로 하루하루가 지나갔다.

"영희야, 쟤들 나쁜 놈들이야. 쟤네들이 아무리 뭐라 그래도 신경쓰지 말고 대꾸도 하지 마."

나는 '그래, 내가 참아야지 뭐' 라며 대수롭지 않게 생각하려고 노력했다. 귀를 꼭 막은 채 내가 듣고 싶은 소리만 들어야겠다고 생각했다.

그러던 어느 날 남학생 세 명이 끈질기게 붙어다니며 놀려댔다. 내가 슬슬 피해다니자 더 재미있었는지 깔깔거리며 신명나는 표정들이었다.

쥐도 궁지에 몰리면 고양이를 문다는데……. 나는 순간 몸을 뒤로 홱 돌려 세 남학생을 마구 때리기 시작했다. 여태껏 싸움을 해본 일이 없었던 내가 어디서 그런 힘이 나왔는지 의아스러울 만큼 흠씬 두들겨팼다. 조그만 강아지만 봐도 무서워서 뒷걸음질 치던 내가 더 이상 화를 참지 못해 억센 손바닥을 휘두른 것이다.

"너희들 잘 걸렸어. 이 나쁜 놈들아. 또다시 나를 놀려먹었다간 그냥 두지 않을 테다."

"어어……."

그들은 나의 기습공격에 당황했는지 일방적으로 당할 뿐 대들지 못했다. 내가 씩씩거리며 잠시 숨을 고르는 사이 남자아이들은 달아나버렸다. 아이들을 실컷 패주고 나니 10년 묵은 체증이 시원하게 뚫리는 것 같았다.

그런데 그중 하나가 코피를 흘리며 달려가다 말고 나를 향해 소리쳤다.

"너 꼼짝 말고 거기 있어. 선생님한테 다 일러바칠 테니까."

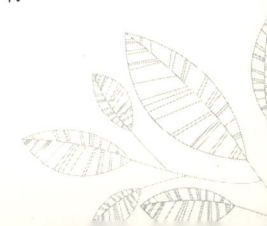

순간 호랑이보다 더 무서운 담임선생님 얼굴이 떠올랐다. 겁이 덜컥 난 나는 교실에 가방을 그대로 둔 채 줄행랑을 놓았다.

선생님의 화난 얼굴이 마음에 걸리기는 했지만 기분은 좋았다. 집으로 돌아온 나는 점심 끼니도 거른 채 다락방에 숨어서 킥킥거렸다. 그때 담임선생님이 내 가방을 챙겨 우리집으로 찾아왔다.

잔뜩 겁먹은 얼굴로 고개를 푹 숙이고 다락방에서 내려오자 선생님이 미소가 환한 얼굴로 서 계신 게 아닌가.

"영희야, 앞으로 친구들 때릴 때는 코피 안 나게 살살 해라. 알겠지?"

"네? ……아, 네…….."

"네가 잘했다는 건 아니고, 혹시 만에 하나 또 그럴 일이 있으면 봐주면서 하라는 얘기야."

"네…….."

기어들어가는 목소리로 간신히 대답을 하고는 고개를 들자 선생님이 웃으며 내 가방을 건네주었다.

'어떻게 된 거지? 애들을 때린 나를 용서해주시네. 선생님이 내 마음을 다 알고 계신 걸까?'

선생님의 깊은 마음까지 모르는 나로서는 조금 어리둥절했다. 그러는 한편, 학교에서는 그렇게 엄하고 무섭기만 했던 선생님에게 이렇게 따뜻함도 있다는 것을 처음 알게 되었다. 겁먹었던 마음이 한순간 눈 녹듯이 사르르 녹아내렸다.

언젠가 전학년의 1교시 수업이 자습시간일 때였다. 교장선생님을 비롯 모든 선생님들의 회의 때문이었다. 후에 안 일이지만 그 회의는 나를 위한 것이었다. 당시 각 학교에서는 우수 선수를 발굴하고 건전한 스포츠 보급을 위해 구기종목이 장려되고 있었다. 그날 회의는 우리 학교에서 선정할 종목을 의논하는 자리였다.

다음 날 학교 게시판에는 여자 배구팀을 만든다는 소식과 함께 운동하고 싶은 학생들은 방과 후 운동장에 집합하라는 공고가 나붙었다. 그리고 수업이 끝나자 교무선생님의 배구팀에 대한 안내가 방송을 통해 흘러나왔다.

아이들이 삼삼오오 모여 배구팀 이야기를 하느라 교실 안이 술렁거리기 시작했다. 그때 담임선생님이 나를 불러세웠다.

"김영희, 너는 당연히 배구팀에 들어가야 한다. 너는 신체조건이 좋으니까 조금만 훈련하면 좋은 선수가 될 수 있을 게다. 그리고 이번 배구팀 결성은 교장선생님이 특히 너를 위해 배려하신 결과다."

"어머! 정말요, 선생님?"

반 아이들이 "와" 하며 부러워했다.

나는 흥분된 마음으로 운동장으로 뛰어나갔다.

이제 나에게 '꺽다리' 라 놀려도 신경쓸 필요가 없었다. 누가 "너는 왜 그렇게 키가 크냐"고 물으면 당당하게 '배구선수' 라고 말하면 된다. 그러면 오히려 내 키를 보고 모두들 부러워하겠지. 내 키가 제대로 활용될 때가 왔다는 생각에 날아갈 듯한 기분이었다.

운동장에는 15명 정도의 5학년 아이들이 나와 있었다. 새로 부임한 감독님은 우리에게 배구 코트부터 만들라고 했다. 주전자에 물을 가득 담아와서 운동장 바닥에 선을 그었다. 가운데 지주대를 두고 그물망을 치니 네트가 완성되었다. 이후 체육복으로 갈아입은 우리는 바로 훈련에 돌입했다. 감독님은 스포츠에 대한 기본 상식과 배구에 대한 묘미를 설명해준 후 운동장을 뛰라고 했다.

운동장 5바퀴를 뛰었는데 숨이 목까지 차서 헉헉거렸다. 꼴찌로 뛰기는 했어도 포기하지 않고 끝까지 이를 악물고 뛰었다. 운동장 건너편 교실 입구에서 교장선생님이 내 모습을 계속 지켜보고 있었다.

배구를 조금 알게 되고 선수로서 적응될 즈음, 다른 학교 배구팀과의 연습 경기를 통해 실력을 쌓아 나갔다. 상대팀 선수가 스파이크로 공을 내리쳤을 때 나는 큰 키를 이용해 블로킹으로 쉽게 막아냈다. 또한 내 손으로 스파이크를 해 공을 내리치면 상대선수들은 번번이 방어에 실패했다. 그 결과 우리 팀이 많은 득점을 올리는 데 기여할 수 있었다.

내 단점은 스피드가 떨어져 수비하기에는 불리하다는 점이다. 그래서 우리 팀이 공격할 차례가 되면 코트에 나가 뛰다가도 수비할 때는 다시 벤치로 나가 있어야 했다. 벤치 멤버라는 자의식은 내가 농구선수로 활동하는 내내 그림자처럼 나를 따라다녔다.

그래도 잦은 경기를 통해 내 기량은 조금씩 향상되고 있었다.

종별선수권대회에서 우승을 안았던 동주여중 3학년 시절. 맨 오른쪽에 계신 분이 나를 위해 운동화까지 구해다 주신 배태경 감독님이다.

숭의여고 졸업반 시절. 우리 다섯 명은 훈련도 함께 땡땡이도 함께 치며 어울려 다녔다.

이제는 우리도 큰 대회에 나갈 수 있을 만큼 진용을 갖추었고 팀워크도 좋아졌다.

전국대회를 보름 앞두고 맹훈련에 돌입했다. 교장선생님은 추리닝과 유니폼, 그리고 신발 등 모든 장비를 지원하며 격려해주었다. 우리는 아버지처럼 자상하게 베풀어주는 교장선생님을 위해서라도 우승할 것을 다짐했다.

전국 규모의 대회에 처음 출전하는 우리는 물론 감독님까지 초긴장 상태였다. 표정까지 굳어져 얼굴에 미소가 사라졌다. 그런 모습을 본 감독님은 우리의 긴장을 풀어주느라 부담될 만한 얘기는 일체 하지 않았다.

"여러분은 승부에 집착하기보다는 경험과 실력을 쌓는다는 마음으로 최선을 다하면 된다. 긴장을 풀고 평소 훈련할 때처럼 하면 되는 거다."

대회 성적은 예선 탈락이었다. 그러나 나는 이 대회를 통해 장신 선수로 알려졌고 많은 스포츠 관계자들의 주목을 받았다. 나의 키는 중학생 선수 키를 훨씬 넘어서고 있었는데 그때만 해도 나와 같은 장신 선수는 손꼽을 정도여서 주목받는 것도 당연했다. 만일 우리가 우승권에 진입했더라면 더 많은 관심을 받았을 것이다.

저는 농구가 하기 싫어요

경기를 치른 다음 날, 이른 아침부터 낯선 사람들이 우리 집을 찾아왔다. 나는 물론 부모님조차 갑자기 일어난 상황에 다소 당혹스러워했다. 그들은 바로 농구 감독님을 비롯한 농구 관계자들이었다. 이름 하여 나에 대한 스카우트 경쟁이 시작된 것이다.

감독님은 내가 농구선수로 나가면 성공할 수 있다며 농구팀이 있는 학교로 전학을 권유했다. 물론 내가 아니라 아버지와 어머니를 설득했다. 다음 날 부모님은 나를 데리고 문현초등학교의 농구 감독님을 만났다. 아버지는 이미 나를 전학시키기로 마음을 굳혔던 것 같았다.

처음 대면한 감독님과 코치의 매서운 눈초리, 그리고 차가운 인상에 나는 마음 한구석이 불안했다. 문득 그들의 첫인상에 기가 죽어 농구를 그만두거나 도망갈지도 모른다는 생각이 들었다. 내가 이후에 배구와 농구를 번갈아가며 갈팡질팡 진로를 바꾼 것도 감독님에 대한 무서움 때문이다. 무서운 감독일수록 기합도 엄했기 때문이다.

그런데 내 의사와는 상관없이 그날부터 바로 훈련에 들어간다고 하는 게 아닌가. 함께 갔던 어머니마저 나를 맡길 의사를 내비쳤다. 나는 어머니를 따라 집으로 가고 싶은 마음이 굴뚝같았다. 불안감과 긴장감이 열두 살의 나를 옥죄어들었다.

이제 겨우 배구선수로 적응해가는 단계에서 시작한 농구에 쉽게 흥미를 느끼지 못했다. 농구공을 만져보며 친구들이 가르쳐주는 대로 드리블도 해보고 슛도 쏘아보았지만 농구는 내 몸에 맞지 않는 옷처럼 어색하기만 했다.

더구나 농구는 공을 잡고 훈련하는 시간보다 뛰는 시간이 많

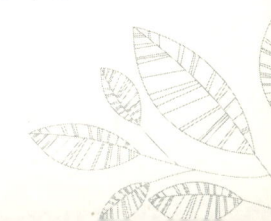

앞기에 배구보다 더 힘들었다. 배구 훈련 때도 운동장 5바퀴 돌고 나서 기진맥진했던 나로서는 뛰어다니는 선수들을 따라잡는 게 보통 일이 아니었다.

그러던 어느 날 다른 학교 농구팀과 연습 경기가 열렸다. 나는 선수로 뛰지는 않고 경기를 지켜보기만 했다. 우리가 경기에 패하자 감독님 표정이 어두워졌다. 학교로 돌아온 감독님은 경기를 뛴 선수들을 전원 창고에 집합시켰다. 그리고는 무시무시하게 호통을 쳤다. 그렇지 않아도 잔뜩 겁을 먹고 있던 나는 '잘못 걸렸다'는 생각이 들었다.

집으로 돌아와서도 감독님의 호통소리와 무서운 얼굴이 계속 떠올라 조바심이 났다. 무서워서 두 번 다시 감독님을 볼 수 없을 것 같아 부모님께 솔직한 심정을 말씀드렸다.

"아버지, 저 이 학교 못 다니겠어요. 너무 무서워요. 다른 학교로 옮겨주세요. 저 농구 하고 싶지 않아요."

"왜 오늘 학교에서 무슨 일 있었니?"

"아니요, 아무튼 저 이 학교 다니고 싶지 않아요. 그리고 감독님이 무서워 농구 못하겠어요."

나는 아버지에게 오늘 있었던 일을 얘기조차 할 수 없을 만큼 두려웠다. 그런데 무슨 일인지 아버지는 난처한 표정을 지었다. 그때 나는 아버지가 감독님과 무슨 계약을 했는지 잘 몰랐고 알 필요도 없었다. 감독님 얼굴만 보지 않으면 그만이었다. 아버지는 나를 설득하려고 애를 썼다.

"영희야, 내가 감독님 만나 잘 말씀드릴 테니 조금만 더 참고 견

려봐. 전학 간 지 얼마 안 됐는데 또 다른 학교로 전학 가기도 그렇잖아. 사람은 누구든지 고비가 있게 마련이니까 잘 넘겨봐라."

어머니는 아버지 말씀에 고개를 끄덕이기는 해도 왠지 이러지도 저러지도 못하는 표정이었다. 나는 어머니 아버지가 내 마음을 몰라주는 것 같아 원망스러웠다. 그날 밤 잠 자리에 누워 뒤척이고 있을 때 어머니와 아버지가 하는 이야기가 들려왔다.

"영희가 저렇게 힘들어하는데 농구 그만두도록 하는 게 어때요? 키 크다고 반드시 운동 잘한다는 보장도 없잖아요. 뭐든 제가 좋아해야 오래 가는데 시작부터 이러니 어떻게 하겠어요? 그리고 살림은 내가 다시 장사를 나가면 되구요."

아버지는 한동안 말씀이 없으시다가 어렵게 입을 떼는 듯했다.

"애가 아직 어려서 그런 것 같은데…… 내가 감독님 만나 잘 좀 부탁해봐야지. 좀더 두고봐서 애가 정 못 견뎌 하면 계약금 돌려주고 그만두게 해야지."

그때 우리집은 아버지가 폐결핵을 앓고 있어 어머니가 홀로 생선 행상으로 가족의 생계를 꾸려가고 있었다. 그러다 보니 집안형편이 좋지 않아 국수로 끼니를 잇는 날이 무척 많았다. 이렇게 밀가루 음식만 먹고 운동하다 보면 목에서 쓴물이 올라와 켁켁거리는 일이 한두 번이 아니었다.

학교는 계속 다녀야 하는데 감독님의 무서운 얼굴이 떠올라 교문 안으로 발걸음이 떨어지지 않았다. 결국 아침에 학교 간다고 나가서는 시내를 돌아다니거나 다리가 아프면 공원 벤치에 앉아 시간을 보내다가 집으로 돌아왔다. 일찍 돌아온 나를 의아

해하는 부모님에게는 훈련이 없어 일찍 끝난 것이라고 거짓말을 할 수밖에 없었다.

다음 날 학교 앞까지는 갔는데 교문 앞에서 나도 모르게 발걸음이 멈추었다. 전날 아무 말도 없이 무단결석을 했으니 감독님에게 혼이 날 것이라는 생각에 도저히 학교 안으로 들어갈 용기가 나질 않았다. 그 길로 만화방에 들어가 하루 종일 시간을 보내다가 집으로 돌아왔다. 한번 시작된 방황은 며칠 동안 계속됐다.

며칠 후 집으로 돌아온 나를 아버지가 불렀다. 드디어 나의 방황이 들킨 게 아닌가 마음 졸이며 아버지 앞에 조용히 앉았다.

"감독님이 오늘 찾아오셔서 말씀 드렸다. 이제 더 이상 그 학교에 다니지 않아도 된다. 배구팀이 있는 학교로 다시 전학을 시켜주마."

아버지 말씀에 눈이 번쩍 뜨였다.

'아버지, 감사합니다. 이제 살았어요! 역시 믿을 사람은 내 부모님밖에 없어.'

하지만 이런 나와는 달리 아버지 얼굴에는 어두운 빛이 엿보였다. 그러나 자식이 학교까지 가지 않을 만큼 농구를 싫어하는 것을 못본 체하기는 어려웠을 것이다. 며칠 동안 고심한 결과 감독님에게 이런 사정을 설명했던 것이다. 나는 내심 너무나 기뻤지만 겉으로 기쁜 마음을 드러낼 수는 없었다.

6학년에 올라가면서 배구팀이 있는 우암초등학교로 전학을 갔다. 다시 배구를 시작하면서 방황하던 마음도 제자리로 돌아오고 어느 정도 안정을 되찾았다. 계속 자라나는 키는 이미 180cm를 넘어서고 있어 감독님은 믿을 수 없다는 듯 고개를 갸웃거리면서도 표정만은 싱글벙글이었다.

"영희는 앞으로 한국 최고의 배구선수가 될 거야. 두고봐!"

초등학교 졸업 시즌이 가까워오자 내 앞에는 중학교 선택 문제가 놓여 있었다. 친구들은 무시험으로 중학교를 진학하기에 진로 문제로 인한 고민거리가 없었다.

그러던 어느 날 동주여중 농구팀 감독님이 학교로 나를 찾아왔다. 그때까지도 나는 농구에 대해 콤플렉스가 있었다. 초등학교 농구팀 감독님의 무서운 얼굴이 떠올라 농구 감독님만 만나면 온몸이 얼어붙듯 긴장감이 몰려왔다. 나는 그 감독님의 인상과 표정만 계속 살폈다. 감독님은 농구에 관한 이야기와 함께 큰 키의 효과를 가장 잘 살릴 수 있는 운동임을 강조했다.

"키가 큰 너에게는 농구가 배구보다 훨씬 나을 거야. 왜냐하면 너는 골 밑에 서서 공을 받아 집어넣기만 하면 되거든. 그러니 많이 뛰어다니지 않아도 돼."

뛰지 않아도 된다는 말에 귀가 솔깃했다. 그리고 감독님 표정이 예전의 감독님만큼 무섭지 않아 꼬치꼬치 캐물었다.

"경기에 나가 지면 많이 혼나잖아요."

감독님은 친절하게 답을 했다.

"그거야 선수들 잘되라고 그러는 거지 미워서 그러는 게 아니야. 너는 뭘 잘못해서 부모님께 혼난 적 없어? 감독님도 부모님이랑 마찬가지 심정이야."

나는 또 한 가지 가장 큰 걱정거리에 대해 물었다.

"농구는 연습할 때 운동장을 많이 돌아야 하잖아요. 저는 달리기에 자신이 없어요."

감독님은 싱긋 웃으며 내 어깨를 치면서 말했다.

"몸을 풀려면 달리기를 좀 해야지. 하지만 달리기 경주도 아닌데 체력에 맞춰 적당히 뛰면 돼. 연습할 때도 너는 숏 넣는 것만하면 되고."

며칠 동안 고민하다가 결국 나는 배구팀의 손길을 뿌리치고 농구의 길을 선택했다. 물론 마음 한구석에는 여전히 불안감이 남아 있었다.

빠른 적응을 위해 겨울방학 동안 동주여중 체육관에서 기초부터 익히기로 했다. 그러나 훈련 며칠 만에 농구는 그물 바스켓으로 공을 집어넣기만 하면 되는 운동이 아니라는 걸 깨달았다. 빠른 스피드와 순발력이 있어야 하고 기동성 또한 뛰어나야 좋은 선수가 될 수 있음을 알게 된 것이다.

선수들의 빠른 발놀림과 유연한 몸동작을 보면서 나도 그들처럼 되려면 체력부터 다져야 한다고 마음먹었다. 첫 훈련이 운동장 5바퀴 뛰는 것이었다. 가쁜 숨을 몰아쉬는 동안 나 자신을 돌이켜보자 자신감이 약해지고 있었다.

'이게 아닌데……. 배구는 스파이크 할 때마다 스트레스가 확풀렸는데. 농구는 너무 힘들어.'

그럴수록 배구에 대한 연민이 되살아나 나를 괴롭혔다. 나 스스로 체면을 걸었다.

'이제부터 나 자신과의 싸움을 시작해야 돼. 다른 선수들보다 뒤처져서는 살아남을 수없어.'

감독님의 마음도 모르고…

농구의 길을 선택했으니 최선을 다하는 수밖에 없었다. 그러나 뛰고 또 뛰어야 하는 훈련에서 나는 늘 뒤처지는 선수였다. 스피드가 느린 단점으로 인해 농구에 대한 흥미를 잃어가기 시작했다. 또 다시 방황하는 나 자신이 그렇게 미울 수 없었다. 훈련에 참가하지 않는 날이 점점 많아지고 감독님을 마주 대할 용기마저 사라졌다.

배태경 감독님은 그런 나를 다잡아주려고 많은 정성을 쏟았다. 내 큰 키에 맞는 운동복이 없어 감독님은 자신이 입던 운동복을 주었다. 키뿐만 아니라 발도 보통 사람들보다 배로 커 내 발에 맞는 농구화 구하기도 힘들었다. 그러나 감독님은 전국을 다니며 결국 신발을 구해다 주었다. 중학교 3년 내내 교복에다 농구화를 신고 다녔던 나는 친구들이 까만 구두를 신고 다니는 것이 그렇게 부러울 수 없었다.

중학교 1학년 겨울방학, 나는 또 한 번 말썽을 일으켰다. 그 일은 유공의 배구팀 감독님이 찾아와 뜻밖의 제안을 한 데서 시작됐다.

"너, 배구를 해라. 고등학교는 마산 제일여고에 갔다가 졸업하면 바로 입단하는 거야. 지금부터 월급을 주니까 먹고 사는 것은

걱정할 필요 없을 게다.”

그러잖아도 배구에 대한 연민이 있는데다 월급 준다는 말에 그 즉시 서울 갈 보따리를 꾸렸다. 배구를 할 수 있다는 사실이 기뻤고 이제 부모님의 고생까지 덜어드릴 수 있다고 생각하니 마음 뿌듯했다. 국수로 끼니를 때우며 선수생활 하는 것도 지긋지긋했다.

나는 배 감독님에게는 한마디 말도 없이 유공 감독님을 따라 서울로 올라갔다. 배 감독님 입장에서는 내가 실종된 것이다. 사정을 알면 노발대발하겠지만 월급 받는 배구선수가 되고 싶었다.

유공의 미국인 사장은 나를 보더니 무조건 ‘오케이’였다.

서울에 와 합숙훈련에 들어갔을 때 무엇보다 어린 나를 감동시킨 것은 식사 메뉴였다. 빵과 우유가 나오고 소시지나 갈비 등이 수시로 나와 배에 기름이 찰 정도였다. 대부분의 선배들이 다 먹지 못하고 남긴 음식까지 몽땅 내가 거둬 먹었다. 어린 나를 안쓰러워했던 주방 아주머니가 누룽지에 설탕을 뿌려 갖다 주면 그 자리에서 그것까지 다 먹어치웠다.

중학교 2학년인 나와 나이차가 많이 나는 선배들은 ‘한참 사랑받을 나이에 부모와 떨어져서 안됐다’ 며 나를 잘 보살펴주었다.

훈련은 이제까지 학교에서 받던 것과는 비교도 되지 않을 만큼 강도가 셌다. 새벽부터 야간까지 쉴 틈 없이 훈련으로 이어졌다. 토끼뜀, 오리걸음, 줄넘기, 점프 훈련 등 내가 감당하기에는 너무나 벅찬 훈련들이 줄줄이 기다리고 있었다. 선배 언니들은 마치

국가대표선수로 활동하던 1983년. 내 오른쪽이 박찬숙 선배다.

5관왕 수상의 영예를 안은 1983년 점보시리즈대회

훈련을 위해 살아온 사람들처럼 여유만만했다.

나에게 달리기나 줄넘기는 선배들과 비교할 수 없을 정도로 힘이 들었다. 다행히 스파이크 연습 때는 모두들 탄성을 내질렀다. 밥을 잘 먹은 탓인지 큰 손으로 배구공을 내리치면 공이 터질듯 뺑 소리를 내며 코트에 꽂혔다. 스파이크가 워낙 강해 선배 언니들도 잘 막아내지 못했다. 유공 감독님은 나에게 거는 기대가 크다며 자주 나를 치켜세웠다.

한번은 스포츠 잡지 기자가 찾아와 선수들을 세워놓고 사진을 찍었다. 나도 아무 생각 없이 선배 언니 옆에 서서 사진을 찍었다. 나는 학생 신분이어서 아직 실업팀에서 뛸 수가 없고 몰래 연습만 하고 있는 상황이었다. 그런데 이 잡지를 동주여중 배 감독님이 보았던 것이다.

감독님은 바로 나에게 전화를 걸어 가라앉은 목소리로 점잖게 말했다.

"영희야, 빨리 돌아와야 한다. 너를 믿는다."

감독님의 목소리를 들으니 덜컥 겁부터 났다. 곰곰 생각해보니 배 감독님은 나에게 무척 잘해주었다. 다른 선수들은 엄하게 다뤘지만 나에게만큼은 너무나 자상하고 부드러웠다. 서울에 올라올 일이 있을 때마다 나에게 맞는 옷과 신발을 구해다 주었다. 그런 만큼 나도 감독님에 대해 존경하는 마음을 갖고 있었다.

나는 감독님이 하라는 대로 해야 된다고 생각했다. 여고도 당연히 감독님이 꼽고 있는 동주여상으로 진학해야 한다고 마음먹고 있었다. 그랬던 내가 감독님께 한마디 말도 없이 도망쳐왔으니 잘못해도 한참 잘못한 것 같았다. 깊이 생각하지 않고 순간적으로 결정을 내려버린 나는 내가 생각해도 한참 변덕이 심한 아이였다.

감독님 전화를 받고 나서야 나의 결정이 감독님을 배신한 행동이라는 생각이 들자 당장이라도 부산으로 내려가 잘못했다고 빌고 싶었다.

그런데 문제가 있었다. 유공 감독님에게 뭐라고 얘기해야 할지 도무지 생각이 나지 않았다. 농구팀으로 간다고 사실대로 얘기해봤자 야단만 치고 안 보내줄 게 뻔하고, 그렇다고 부모님께 여쭤봐도 마찬가지일 것 같았다.

눈 딱 감고 거짓말할 수밖에 없었다.

"아버지가 많이 편찮으셔서 집에 내려갔다 와야겠어요. 금방 올라올 테니 좀 보내주세요."

아무런 죄의식 없이 거짓말이 술술 흘러나왔다. 나는 이렇게 다시 동주여중으로 돌아갔고, 나중에 진실을 알게 된 유공 감독님은 '다 된 밥에 재 뿌렸다' 며 많이 아쉬워했다.

배 감독님은 '잘했다' 는 한마디뿐 더 이상 말씀이 없었다. 나는 다시 훈련에 들어가며 다짐 또 다짐을 했다.

'열심히 노력해서 감독님께 인정받는 선수가 되어야지.'

그러나 감독님의 정성에도 불구하고 나는 계속 말썽만 부리는 아이로 변해가고 있었다. 감독님은 말없이 나를 지켜보고 있었지만 오히려 그런 모습이 나로서는 더 무서웠다. 나 같은 제자의 모습에 화를 내기는커녕 좀더 빨리 농구에 적응할 수 있도록 기

본 동작과 개인 기술을 꼼꼼히 가르쳐주었다. 그럼에도 불구하고 나는 마음 한켠에 자리해 있는 불안감을 떨쳐내지 못했다.

내가 과연 농구를 잘할 수 있는지, 키만 크다고 좋은 선수가 되는 것인지 등 잡념이 머리를 떠나지 않았다. 훈련에 빠지는 날이 많다 보니 실력 또한 제자리걸음에 머물러 있었다. 그래도 감독님은 실망스런 표정 하나 없이 하루빨리 농구에 정을 붙일 수 있도록 지도해주었다.

겨울이 되면 서울에서 실업 농구팀들이 부산으로 전지훈련을 내려와 열흘 정도 머물다 간다. 이때 대부분의 선수들이 고등학교 졸업 후 가게 될 실업팀과 연고 계약을 맺었다. 당시 동주여중의 모든 선수가 계약을 맺었지만 아직 나만 연고가 없었다.

이 기간 동안 우리는 고등학교 선배 언니들과 잦은 연습 경기를 펼친다. 중학교 2학년 여학생의 키가 190cm였으니 어렵지 않게 실업팀 감독님 눈에 띄었을 것이다. 농구선수로서는 아직 햇병아리에 불과했지만 큰 키로 인해 나에게 쏟아지는 감독님들의 시선이 예사롭지 않았다.

하루는 실업팀 한국화장품과 고등학교 팀과의 경기를 지켜보고 있었다. 한국화장품은 실업팀 중에서도 군기가 세기로 소문나 있었다. 선수들을 대하는 감독님의 표정은 엄하기만 했다. 어쩌다 선수가 실수라도 하면 득달같이 고함소리가 터져나왔다.

그런데 감독님께서 나를 찾더니 한국화장품과의 연고를 권유했다. 내가 한국화장품 소속이 되리라고는 언감생심 꿈도 못 꿀

때였다. 한국화장품에서는 태평양화학에서 활약하는 박찬숙 선수에 필적할 만한 선수를 물색 중이었다.

그 동안 말썽만 피우는 문제아로 감독님께 실망만 시켜 드렸는데도 감독님은 화 한 번 안 내고 진로 문제에까지 조언을 아끼지 않았다. 3학년이 되어서야 나의 어리석음을 깨우치며 반성해 훈련에 빠지지 않고 참가했다. 감독님은 뒤늦게 철든 내 모습에 오래간만에 편안한 표정을 지어 보였다.

큰 키의 유리함은 상대팀이 밀착 수비를 해올수록 잘 드러난다. 공을 높이 띄워주기만 하면 마치 먹이를 낚아채듯이 쉽게 공을 잡아 바스켓 속으로 집어넣을 수 있기 때문이다. 팀원들과 호흡을 맞춰 공격의 흐름을 잡아나가다 보니 득점에도 자신감이 생겼다. 감독님은 나의 그런 모습을 만족해하는 표정으로 지켜보았다.

스피드가 느린 나의 단점도 큰 키를 잘 활용하면 극복할 수 있다는 용기가 생겼다. 키뿐만 아니라 모습 또한 거구이다 보니 골대 가까이 서 있기만 해도 상대 선수들에게 위협적이라는 것을 경기를 통해 알아나가고 있었던 것이다.

중학교 졸업장 왜 안 주나요?

고등학교는 중학교와 같은 재단에 속해 있는 동주여상으로 가기로 결정되어 있었다. 나를 잘 보살펴준 감독님에 대한 답례로 고등학교에서는 더 열심히 할 작정으로 겨울방학 동안 여고부

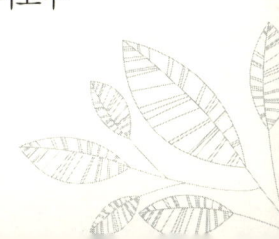

선배들과 함께 훈련에 참가했다. 그런데 나는 또 한번 감독님 얼굴을 못 볼 정도의 사고를 터뜨리고 말았다.

겨울방학 중에 한국화장품 감독님과 숭의여고 농구팀 감독님이 집으로 찾아왔다. 아버지는 그들을 만나 나를 숭의여고에 진학시키기로 결정한 것이다. 숭의여고에서는 박찬숙 선수 뒤를 이을 인물로 나를 꼽고 있었다. 아버지는 내 의사를 묻기도 전에 결정부터 내렸다.

"영희야, 말은 제주도로 보내고 사람은 서울로 보낸다고, 네가 좋은 선수가 되려면 서울에서 활동하는 것이 낫다. 그래서 서울에 있는 숭의여고로 진학시키기로 했다."

"아버지, 저는 동주여상 가기로 되어 있잖아요? 감독님이 제가 또 서울 가는 걸 알면 노발대발하실 거예요. 저 안 갈래요."

나는 서울이 싫었다. 부모님과 떨어져 낯선 곳에서 홀로 지내는 것도 싫었고 나에게 온 정성을 쏟는 감독님 곁을 떠나기도 싫었다.

아버지는 차근차근 설명을 했다.

"진학문제는 너와 부모가 결정하면 된단다. 네가 좋은 선수가 되어 항상 감독님을 생각하면 되잖니."

결국 감독님에게 한마디 상의 없이 숭의여고 진학이 결정되었다. 내가 며칠 간 훈련장에 모습을 드러내지 않자 감독님이 우리 집으로 찾아왔다. 그러나 나는 이미 아버지와 함께 서울행 우등열차에 몸을 실은 뒤였다.

서울에 도착한 다음 날부터 훈련에 들어갔다. 혹시라도 배 감독님이 합숙소로 찾아올지 몰라 보름 동안은 코치 집에 숨어 살았다. 훈련 중에 감독님의 화난 얼굴이 불쑥 떠오를 때마다 내 몸이 움츠러들었다. 땀 흘리며 뛰고 있을 친구들의 모습도 떠올라 미안스러웠다.

늘 그랬듯이 나는 낯선 환경에 잘 적응하지 못했다. 훈련장은 긴장의 연속이었고 잠자리에 들면 아버지 어머니 그리고 동생이 보고 싶어 안달이 났다.

선배들은 엄격한 생활에 익숙해 있는지 여유가 있어 보였지만 나는 숨 막힐듯 조여오는 긴장감 때문에 늘 소화불량에 시달렸다. 밤 10시가 되면 불을 끄고 모두가 취침에 들어가지만 나는 밤마다 꿈속에 배 감독님과 친구들의 모습이 나타나 단잠을 깨곤 했다.

또 한번 나에게 그토록 잘해준 감독님의 뜻을 저버린 죄책감이 매일같이 나를 옥죄어왔다. 부모님 말씀에 따랐다고는 하지만 아무 말 없이 서울로 올라와버린 나는 분명 잘못한 것이다. 감독님은 더 이상 나를 용서하지 않을 것 같았다.

고등학교에 진학하면 수훈 선수가 되어 감독님께 보답한다고 했는데 나는 감독님에게 거짓말한 것이 돼버렸다. 앞으로 걸어가야 할 미지의 세계에 대한 두려움과 도망치듯 빠져나온 중학교의 인연들이 못내 마음에 걸렸다. 큰 체구에 어울리지 않게 사춘기 소녀의 이런 감성은 가족들에 대한 그리움으로 이어져 매일 새벽녘이 되어서야 겨우 잠이 들곤 했다.

중학교 졸업식 전 날, 나는 휴가를 얻어 부산으로 내려갔다. 내려가는 내내 나는 차창에 턱을 괸 채 감독님에게 뭐라고 얘기해야 하는지만 생각했다.

'그래, 용기를 내자. 감독님께 무릎 꿇고 사죄드리면서 용서를 빌자. 감독님은 좋은 분이시니까 날 이해해줄 거야.'

다음 날 학교로 찾아갔다. 교문 앞에는 꽃 파는 상인들이 줄지어 있었고 학생들과 가족들이 학교로 들어가고 있었다. 그런데 교문에서 큰 키를 알아본 수위 아저씨가 나를 불러세웠다.

"너는 학교 안으로 들어오면 안 돼. 나가!"

영문을 모르는 내가 항의하듯 따져물었다.

"왜 그러세요? 오늘 저도 졸업하니까 졸업장 받으러 왔어요."

그러나 아저씨는 아예 양 팔을 벌리며 나가라는 시늉을 했다.

"감독님 특별명령이야. 너 들여보내지 말라고 했어."

순간 망치로 한 대 맞은 듯 머리가 띵 했다. 감독님이 화가 나도 단단히 난 것이다. 창피한 것도 모르고 큰 덩치에 엉엉 울면서 집으로 돌아와 아버지에게 매달렸다.

"아버지, 저 숭의여고 안 갈래요. 동주여상 갈 테니 그렇게 수속 밟아주세요."

아버지는 난처한 표정을 짓다가 천천히 입을 뗐다.

"네가 이왕 농구선수로 클 거면 서울에서 뛰는 게 훨씬 나아. 사람은 미래를 보고 처신해야 돼. 사소한 감정에 얽매이다 보면 발전을 못한단다. 그러니 마음 단단히 먹어."

이번에 아버지는 내가 아무리 애원해도 마음을 바꾸지 않을 만큼 단호해 보였다. 나 역시 아버지 말씀이 옳다고는 생각하면서도 감독님에 대한 죄송스런 마음을 어찌해야 할지 몰랐다.

내가 부산에 왔다는 소식을 듣고 교장선생님께서도 우리 집으로 찾아와 나와 아버지를 설득했다. 그러나 아버지로부터 자초지종을 듣고 난 교장선생님은 화난 표정으로 돌아갔다.

어느 날 나는 분명 숭의여고 1학년인데 경기에 출전할 수 없다는 통보가 왔다. 나에는 졸업장만 없었던 것이 아니라 아예 중학교를 졸업하지 못했던 거였다. 감독님은 한국화장품측과 상의해서 해결할 테니 신경쓰지 말고 운동만 열심히 하라고 했다. 언젠가는 배태경 감독님께 용서를 받고 싶었다.

감독님은 내가 농구와 인연을 맺게 해준 사람이다. 그리고 농구에 대한 기본은 물론 내 장점을 살릴 수 있도록 많은 것을 지도해줬다. 그리고 우리에게 무엇보다 인간됨을 강조해왔는데 내가 그 뜻을 저버렸으니 나는 쉽게 용서받지 못할 것이다.

'어떡해야 감독님이 나를 받아주실까. 그래, 감독님께 용서를 구하고 그분의 은혜에 보답하는 길은 오로지 한 가지밖에 없다. 바로 훌륭한 선수가 되는 것, 내로라하는 농구선수가 바로 감독님의 제자라는 것을 보여주는 길뿐이다.'

군대식의 엄격한 생활과 강도 높은 훈련은 나로 하여금 긴장의 고삐를 늦추지 못하게 했다. 오히려 잡념이 들지 않아서 좋았다. 나는 이 혹독한 훈련을 배 감독님의 벌로 생각하며 달게 받을 각오로 훈련에 임했다.

1학년 2학기 말경, 마침내 중학교 졸업장을 받아 든 나도 여고 팀의 전사가 되어 경기에 출전할 수 있게 되었다. 여고 2학년이 된 나는 195cm를 넘어서고 있는 큰 키만큼의 위력을 마음껏 보여주리라 생각하며 마음 속으로 파이팅을 외쳤다. 곧 다가올 전국대회를 대비해 마무리 훈련에 온 정신을 집중시키며 우승을 위한 기도를 올렸다.

그런데 나는 키만 자란 것이 아니라 손과 발 역시 커져 있어 늘상 신발을 맞춰 신어야 했다. 그리고 어쩌다 거울 속의 내 모습이 눈에 띌 때마다 깜짝깜짝 놀라곤 했다.

'저게 진짜 내 모습일까? 더 이상 자라면 안 되는데…… 지금 이 정도만 해도 얼마든지 농구를 잘할 수 있는데. 왜 점점 거인의 형체를 닮아가는 걸까. 이러다가 정말 걸리버 여행기에 나오는 거인이 되는 것은 아닐까. 누가 저런 거울을 만들어서 나를 이렇게 고통스럽게 하는 것일까.'

내 모습이 싫었던 나는 그 모습을 보여주는 거울까지도 미웠다. 그러나 감독님이나 동료 선수들은 이런 나의 말 못할 고민을 전혀 모르는 눈치였다. 오히려 감독님은 나만 보면 장대 같은 키가 만족스러운 듯이 즐거운 표정으로 고개를 끄덕거리곤 했다. 그리고 동료들까지 내 키를 부러워하는 만큼 나는 혼자 애태우는 시간이 많아졌다.

고등학교에 들어와 처음으로 출전하는 전국대회날. 전날은 흥분과 기대감으로 통 잠을 이룰 수 없어 밤새 뒤척였다. 그런데 대회장에 들어선 나를 먼발치에서 원망의 눈초리로 유심히 지켜보고 있는 팀이 있었다. 바로 중학교 시절의 친구들과 배 감독님이었다. 나는 마음 속으로만 얘기할 뿐 감독님이 앉아 있는 곳을 감히 쳐다볼 수가 없었다.

'감독님, 죄송합니다. 그러나 저는 감독님의 영원한 제자라는 것을 알아주세요.'

우리 팀은 무사히 4강을 통과해 준결승전을 앞두고 있었다. 감독님은 '우리에게는 장대가 있으니 승리는 따논 당상'이라며 여유를 부렸다. 나에게 거는 기대가 큰 탓에 어깨가 무거웠던 나는 결코 즐겁지만은 않았다. 마침내 준결승도 통과하고 이제 결승전만이 남아 있었다.

결승전에서 겨루게 될 팀 또한 다른 조에서 전승 행진을 이어왔던 터라 우승을 넘보고 있다는 감독님의 말씀이었다. 그런데 '원수는 외나무 다리에서 만난다'고 했던가. 결승전 상대팀은 바로 동주여중 출신들로 구성된 동주여상팀이었다. 동주여상은 전년도 4개 대회에서 우승을 거머쥐 무적함대로 통하고 있었다.

두 팀의 결전을 앞두고 언론에서는 숭의여고가 아무리 큰 키의 장점을 이용한다 해도 동주여상이 우승할 것으로 내다보았다. 하필 중학교 친구들과 한판 붙어야 한다는 사실에 마음이 개운치 않았던 나에게 그 보도는 자존심을 건드리며 승부욕을 한껏 부추켜놓았다.

내가 아무리 기술과 스피드가 떨어진다 해도 최고의 키를 십분 활용하면 이기지 못할 이유가 없다고 여겼다. 그리고 이 경기에서 우승을 빼앗긴다면 영원히 농구를 포기하겠다고까지 마음

먹었다. 그리고 나아가 배 감독님께 나의 우뚝 선 모습을 보여드리고 싶었다.

대망의 결승전 날 아침이 밝았다. 뜬눈으로 밤을 지새다시피해 좀 피곤했지만 경기장에 들어가기 전 찬물에 세수를 하면서 주먹을 불끈 쥐었다.

숨 막히는 대결은 손에 땀을 쥐게 할 정도로 치열했다. 막상막하의 실력은 계속 동점으로 이어졌고 농구 관계자들은 물론 관중들도 어느 팀이 이길 것이라 확신하지 못하는 상황이었다.

우리 팀은 큰 키의 나를 이용한 공격 전략을 펼쳤다. 내가 골밑에 버티고 있자 상대팀은 쉽게 치고 들어오지 못한 채 외곽 슛으로 승부를 걸었다. 농구경기는 어느 팀이 많은 리바운드를 잡아내는가에 따라 승패가 좌우된다. 그날 나는 리바운드 15개까지 따냄으로써 82 대 76으로 승리의 여신은 결국 우리에게 손을 들어주었다.

경기 후 언론에서는 숭의여고와 동주여상 대결은 농구에 있어 장신의 중요성을 일깨워준 것이라고 앞다투어 보도했다. 경기 전에는 대부분이 동주여상의 우승을 점쳤지만 나 혼자 29점과 리바운드 15개를 따내 팀우승에 결정적으로 이바지했다는 것이다. 당시 숭의여고는 박찬숙 선배의 졸업 이후 번번이 동주여상에게 우승의 자리를 내주었는데 마침내 다시 과거의 영광을 되찾은 것이다.

그러나 우승하겠다고 독하게 벼렸던 마음은 어디 가고 막상 이기고 나자 쓸쓸함이 가득찼다. 친구들이 쟁취했던 우승기를 내 손으로 받아와야 했기 때문이다. 동주여상 감독님 입장에서는 나를 잘 키워 연패를 기대했을 것인데 오히려 발목을 잡힌 격이 됐다.

우리는 실업팀과 자주 연습 경기를 치렀다. 감독님은 경기 때마다 늘상 종료 3분 전에 우리를 불러 모았다.

"경기는 지금부터 시작이다. 무조건 이겨야 한다. 만일 지게 되면 체육관 앞에서 학교까지 기어서 갈 줄 알아라!"

장충체육관에서 남산에 있는 학교까지는 걸어가기에도 꽤 먼 거리였다. 길거리에서 기어본 적은 없지만 학교 운동장에서는 여러 번 기어본 경험이 있다.

폭설이 내려 운동장이 눈으로 하얗게 덮인 어느 날 새벽 감독님의 '집합' 명령이 떨어졌다. 감독님의 "날래 날래 기라우"라는 명령에 따라 우리는 맨발에 추리닝 바람으로 낮은 포복자세로 기어 운동장을 스케이트장으로 만들어놓았다. 맨땅을 기다 보면 추리닝이 걸레조각처럼 너덜거린다. 내가 운동장을 기어다닐 때면 선배들은 '구렁이 같다'며 놀려댔다.

감독님은 한번 한다면 하는 사람이었다. 거리에서 기어 사람들 구경거리가 되지 않으려면 혼신의 힘을 다할 수밖에 없었다. 그러다 보니 실업팀과의 경기에서 늘상 우리가 이기곤 했다.

경기 성적이 나쁘면 감독님의 기합이 따르고 당연히 훈련이 강화된다. 감독님 자리 옆에는 항상 굵은 몽둥이가 대기해 있었다. 그것을 쳐다보기만 해도 우리는 모두 젖 먹던 힘까지 다해 뛰어다닐 수밖에 없었다.

감독님 방귀소리가 바로 기상 나팔소리

숭의여고는 전국 최강의 팀으로 알려져 있어 내가 이곳으로 스카우트돼 왔다는 것에 큰 자부심을 느꼈다. 최강팀인 만큼 스타 선수를 발굴하는 데도 적극적이고 감독님과 선수들의 단단한 팀워크도 남달랐다.

반면 합숙소 규율은 군대 저리 가라 할 정도로 엄격해 후배들은 선배 얼굴을 마주 바라보는 것조차 어려웠다. 선배들은 아무 이유 없이 후배들을 집합시켜 걸상을 들고 서 있게 하거나 원산폭격을 시켰다. 선배가 빨간색을 노란색이라고 얘기하면 노란색이었다.

만약 우리 중 누구 한 사람 오전수업을 빼먹다가 들키기라도 하는 날에는 우리 후배들은 단체기합을 받았다. 그럴 때는 재빨리 체육관으로 달려가 스스로 책상다리 자세로 벌을 섰다. 그러면 선배들이 들어오면서 뭐하고 있느냐며 한마디 던진다. 그러면 우리 후배들은 무조건 "잘못했습니다"라고 말하며 벌벌 떨었다.

어쩌다 잘못이라도 하면 선배들은 돌림방망이를 놓았다. 한번은 원산폭격을 받다가 내 입에서 나도 모르게 "씨"라는 투덜거리는 소리가 나와 정말 눈물이 쏙 빠지도록 혼쭐이 났던 적도 있다.

그토록 무섭게 대하던 선배들이었지만 지금은 친언니 친동생

같은 마음으로 만나고 있다. 선배들을 만나 농반진반으로 "언니, 그때 너무했던 거 알아요? 언니들의 기압 후유증으로 요즘 비만 오면 얼마나 고생하는 줄 알아? 어떡할 거야!"라고 농담을 하면 언니들은 "어머 그랬니? 미안하다 애. 맛있는 점심으로 어떻게 안 될까?"라며 피시시 웃어버린다.

북한이 고향인 감독님은 우리에겐 바로 지옥에서 온 저승사자였다. 합숙소에서 맞이한 첫날 새벽, 한참 맛나게 자고 있는데 선배의 고함소리가 들렸다.

"야, 기상나팔 울렸잖아! 빨리 일어나!"

나는 정신없이 훈련복으로 갈아입고 체육관으로 달려 나갔다. 일렬로 서서 점호를 받은 뒤 남산 순환도로를 뛰기 시작했다. 그때 내가 선배에게 물었다.

"여기는 매일 기상나팔 불어요? 난 못 들었는데……."

그러자 선배가 웃으며 말했다.

"감독님 방귀소리가 나팔소리야. 제때 안 일어나면 불호령 떨어져."

다음 날 새벽 6시, 정말 1분 1초도 틀리지 않고 감독님의 우렁찬 방귀소리가 들려왔다. 며칠이 지나자 그 소리만 들으면 나도 모르게 벌떡 일어났다. 매일 정확히 그 시간에 방귀소리를 들을 수 있었으니 아무리 생각해도 신기하기만 하다.

어느 날 엄마가 전화를 해와 서울로 이사 온다는 소식을 전했다. 나는 이제 가까이서 가족들을 만날 수 있다는 사실에 경기에

서 우승한 것보다 더 기뻤다. 그때 마침 큰 대회에서 우승한 보너스로 일주일간의 휴가까지 받아놓고 있었다. 엄격하고 힘든 합숙소 생활에서 잠시 벗어날 수 있다는 것만으로도 그 기분은 말로 다 표현할 수 없었다.

우리는 저마다 여기저기 돌아다닐 계획을 세우느라 지도를 펼쳐놓고 야단들이었다. 나 역시 부모님과 함께 맛있는 음식을 먹으러 다니거나 한동안 만나보지 못했던 친구들과 명동 거리를 휘젓고 다녔다. 서울에 온 지 2년 만에 제대로 된 나들이를 한 것이다. 2년 내내 합숙소와 남산길만 맴도느라 명동이 지척에 있는지도 몰랐다. 당분간은 오전수업만 끝나면 곧장 집으로 갈 수 있어 모처럼 가족과의 정을 나눌 수 있었다.

선수가 아닌 반친구들은 우리가 이렇게 휴가보너스를 받았을 때의 흥분 상태를 잘 이해하지 못한다. 나를 비롯해 동료 선수들은 공부는 뒷전이고 운동만 하다 보니 책상에 앉기만 하면 졸기 일쑤였다. 그래서 그 일주일 동안 우리 팀원 모두는 미술실에서 빈둥거리며 오전수업까지 땡땡이 쳤다.

지금도 가깝게 지내고 있는 여고 친구는 모두 네 명이다. 그 중 한 명은 미국으로 이민을 가 얼굴을 볼 수 없고 나머지 세 명과는 자주 연락을 주고받는다. 이 친구들이 바로 함께 수업을 땡땡이치거나 훈련을 빼먹은 동기들이다.

어느 날 새벽훈련에 코치가 보이지 않자 우리는 그 길로 먹을 것을 챙겨 남산 어귀에서 수다를 떨다가 돌아왔다. 학교에 돌아와서는 열심히 뛰어 땀이 난 것처럼 보이기 위해 앞쪽에 물을 뿌렸다. 그때 코치가 우리 앞을 가로막았다.

"야, 너희들 열심히 뛰었어? 그런데 왜 땀이 앞에만 나고 등은 멀쩡한 거지? 요것들 봐라, 나를 속여?"

결국 훈련하지 않은 것을 들켜 단단히 혼이 났다.

다음 날 새벽 코치가 "5분 만에 집합" 하고 비상을 걸었다. 동작이 느린 나는 추리닝을 걸쳐 입고 뒤늦게 나가려고 보니 신발 한 짝이 없었다. 할 수 없이 한쪽 신발만 신고 나갔더니 동기가 내 신발 한쪽을 질질 끌고 있었다. 결국 그날도 추리닝 바람에 운동장을 기어다녔는데 그래도 뭐가 그리 즐거웠는지 계속 킥킥거렸다.

주말이 되면 동기 다섯 명은 우르르 분식집으로 달려갔다. 매일 합숙소 밥만 먹다가 분식집에 가면 왜 그렇게 먹고 싶은 것이 많은지……. 그러면 자장면, 냉면, 울면, 비빔냉면 등을 모두 곱빼기로 주문한다. 그리고 나서는 고구마 맛탕, 떡볶이, 오뎅, 순대까지 시켜 먹은 후에야 젓가락을 놓곤 했다.

CHAPTER 4

고통과 시련뿐인
인생 2라운드

몇천 만원의 인생수업료

은퇴 후 가족과 함께하는 생활이 시작됐다. 아버지는 아무런 말씀이 없고 어머니는 나를 보며 안타까워했다. 밤마다 딸자식 장래를 걱정하는 어머니 한숨소리가 들려왔다.

나는 나대로 몸살을 앓는 양 끙끙거리며 잠을 이루지 못했다. 늘상 진통제를 달고 살았고 낮과 밤이 뒤바뀌어 멍한 상태로 보내는 나날이 계속되었다. 그리고 하루도 거르지 않고 독한 술을 들이켰다.

그토록 그리워하던 가족과의 정겨운 시간도 잠시뿐이었다. 스물일곱이 되도록 아는 것이라고는 운동뿐 세상물정에 대해 아무 것도 모르는 내가 앞으로 뭘 하며 살아야 할지 도무지 알지 못했다. 그렇다고 부모님이 나를 영원히 뒷바라지해줄 수 있는 것도 아니어서 어떻게든 자립을 해야 했다.

이제는 코트 위의 승부가 아니라 나 자신과 승부해야 하고, 세상과의 싸움을 헤쳐나가야 했다. 코트 위에서는 종횡무진 누비고 다녔지만 세상의 무대는 내가 발을 내딛기에는 너무나 넓고 낯설었다. 바람 많은 벌판에 서 있는 나는 온실 속의 화초처럼 연약하기만 했다.

어느 날 답답한 심정에 바람이라도 쐴까 해서 대문 밖을 나섰다. 거구의 나를 본 사람들은 예전처럼 또 다시 한마디씩 내뱉는다. 이제 운동선수가 아닌 사회인으로서 세상에 첫발을 내디뎌 보려 했지만 세상은 생각보다 훨씬 차가웠다. 결국 바깥세상을 향한 첫외출은 채 5분도 되지 않아 접어야 했다.

아침에 눈을 뜨면 거실 소파에 앉아 하루를 보냈다. 선수생활할 때는 선수 외톨이가 되어 울었는데 이제는 사회 외톨이가 되어 있었다. 자꾸 거대해지는 내 몸과는 달리 내 마음은 점점 작아져갔다. 정신의 그릇이 작으니 용기와 희망, 꿈과 사랑 등의 가치를 담을 공간이 없었다.

창문 너머 하늘에 떠가는 구름을 벗삼아 답답한 마음을 전해보지만 구름은 말없이 흘러갈 뿐이다. "삶은 한 조각 구름이 일어나는 것이요, 죽음은 한 조각 구름이 흩어지는 것"이라는 어느 선사의 말씀이 떠올랐다. 나는 거실 소파에 앉아 무수한 삶과 죽음의 환영을 바라보았다.

땅거미가 지고 어둑어둑 밤이 다가오면 내 몸을 타고 흐르는 외로움과 두려움을 견디지 못해 또 술을 마셨다. 빈 속을 타고 내려가는 술기운은 여지없이 위경련을 일으켜 배를 움켜잡고 데

굴데굴 뒹굴게 만든다. 선수시절 극도의 긴장과 내 몸에 대한 콤플렉스로 인해 위궤양이 생겼다. 술을 마시는 횟수가 많아지면서 위궤양은 점점 더 악화되어갔다. 내 삶은 마치 막장에 도달해 고통과 절망으로 울부짖는 것 같았다.

칠흑같이 캄캄한 밤에도 내 방의 불은 꺼져 있었다. 스위치 하나만 올리면 방이 환하게 빛나건만 나는 내 영혼에 깊이 박혀버린 희망의 스위치를 켤 줄 몰랐다.

자식의 괴로워하는 모습을 지켜만 봐야 하는 부모님 또한 가시방석에 앉은 느낌이었을 것이다. "전생에 업장이 많아 자식을 병고에 시달리게 한다"는 어머니는 눈시울이 마를 날이 없었다. 산이 높을수록 산 그림자도 깊듯, 자식 정 두터울수록 인연의 수심도 깊은 모양이다.

어머니가 나를 위해 할 수 있는 최선의 선택은 기도였다. 간절한 기도가 내 마음을 움직였는지 나는 어머니를 봐서라도 아픔을 속으로 삭여야 한다고 마음먹었다. 하루 한 끼조차 먹는 둥 마는 둥 하다 보니 체중이 20kg이나 줄어 있었다.

그러는 가운데 겨울이 가고 봄이 왔다. 사회인이 되어 맞이하는 첫 번째 봄이었다. 그 봄이 마침내 나에게 희망의 속삭임을 들려주었다. "당신이 할 수 있는 일이 분명 있을 거야"라고.

다음 날 이른 아침부터 부지런히 단장하고는 외출을 했다. 차창 밖의 낯 익었던 거리들이 몇십 년이 지나버린 듯 낯설게 다가왔다. 내 마음이 변하니 사물들도 달라 보였다. 차창 안으로 스며드는 밝은 햇살이 상처뿐인 내 영혼을 어루만져주었다.

찾아간 곳은 선수시절 몸담았던 소속 회사였다. 은퇴하기 전 회장님이 사회 나가서 무엇을 할 것이냐고 물었을 때 화장품 대리점을 해보겠다는 얘기를 했다.

"회장님, 제가 사회인으로 살아 나갈 수 있도록 도와주십시오."

회장님은 그간의 안부를 물으시더니 고개를 끄덕였다.

"그래, 예전에 얘기했던 대로 화장품 대리점 한번 운영해봐. 열심히 하면 사는 데는 걱정 없을 거야."

얼마 후 회사에서는 최고의 장소와 최고의 인테리어를 갖춘 대리점을 마련해주었다. 이때 회장님 배려로 아버지도 회사 경비원으로 채용되었다. 운동하느라 화장품 한 번 발라본 적이 없는 내가 과연 화장품을 잘 팔 수 있을지 걱정이었다. 하지만 일을 통해 많은 사람들을 접함으로써 외로움에서 벗어나게 된다는 것이 너무나 기뻤다.

판매 노하우는 조금씩 터득하면 될 것이고, 화장품에 대해 아는 게 없는 것은 당분간 어머니와 올케의 도움을 받기로 했다. 그리고 회사에서는 홍보팀 직원들까지 파견해주어 나의 사회 첫발에 힘을 실어주었다.

나는 이제 당당한 점주가 되어 있었다. 그리고 어느 날부터는 어머니를 비롯해 주변사람 도움 없이 나 혼자 장사를 해나갔다. 경험이 없다 보니 모든 것이 어색했지만 종종 화장품 세미나에도 참석하면서 화장품에 대한 노하우와 판매요령을 익혀 나갔다.

하나둘 단골손님도 생기고 하루 종일 많은 사람들을 대하다 보

니 하루가 저무는 것도 모를 정도로 재미가 있었다. 화장품 대리점으로 새로운 삶을 찾게 된 나는 '고통 끝 행복 시작'이었다. 긴 시련의 터널을 벗어나게 된 것이 나에게는 더없는 기쁨이었다.

그러나 역시 녹록치 않은 게 세상살이인 모양이다. 그날 따라 이른 아침부터 잔뜩 흐리더니 결국 비가 내리면서 촉촉하게 땅을 적시고 있었다.

이렇게 비가 내릴 때면 한산해진 거리만큼 매장도 썰렁하다. 하루 종일 흘러내리는 비 소리에 마음까지 흠뻑 젖어든 채 상념에 빠져들어 있었다. 해가 떨어지고 어둠이 찾아들 때 중년의 남자 한 분이 매장 안으로 들어섰다.

"어서 오세요!"

마침 단골손님이기도 한 그에게 나는 반갑게 인사했다. 그는 가게 안을 이리저리 둘러보더니 입을 뗐다.

"영희 씨, 오늘 우리 어머님 생신이라 화장품 세트 선물을 하려구요. 제일 좋은 게 어떤 겁니까?"

나는 손으로 진열대를 가리키며 포장지부터 펼쳤다. 그렇지 않아도 하루 종일 수입이 없었는데 40만원이 넘는 화장품 세트로 개시를 하게 되자 포장하는 손끝이 떨렸다. 포장을 끝내고 손님 앞에 내밀자 그는 호주머니를 뒤적이더니 나를 쳐다보았다.

"저, 이거 어떡하죠? 옷을 갈아입고 나왔더니 지갑을 가져오지 않았네요. 어머니께 선물 드리고 바로 돈 가지고 올게요."

내가 기꺼이 그러라며 물건을 건네자 그는 환하게 웃는 모습으로 들고 나갔다. 그는 낯이 익은 단골이어서 당연히 믿을 수밖에 없었다. 그러나 밤 12시가 넘어도 그는 돌아오지 않았다. 다음 날, 그 다음 날이 되어서도 그는 약속을 지키지 않았다.

'사람들은 왜 남을 속이고 남의 물건을 탐내는 것일까. 인간은 왜 솔직하게 살지 못할까. 모두들 나처럼 살기만 하면 남에게 피해 주는 일이 없을 텐데. 아니야, 자신의 이익을 위해서라면 남이 어떻게 되든 상관하지 않는 사람들도 많아. 그런 사람들에게 당하지 않게 내가 정신 차려야 돼. 누굴 원망하는 거야. 당한 내가 바보지.'

며칠 후 깔끔하게 차려 입은 한 남자 손님이 가게로 들어왔다. 그는 머리를 조아리더니 애원하는 투로 말했다.

"저, 죄송하지만, 내일이 결혼할 여자 친구의 생일인데 봉급날이 그 다음 날이거든요. 오늘 외상 좀 주시면 봉급날 꼭 갚겠습니다. 제 주소와 연락처는 남겨놓을게요."

그 남자의 얘기를 듣고는 잠시 망설였다. 얼굴 생김새는 그리 불량스럽게 보이지 않았다. 결국 '설마 전화번호까지 알려줬는데 떼먹기야 하겠어' 라고 생각하며 고가 화장품 세트를 내주었다.

손님이 나간 후 혹시나 하는 마음에 연락처로 전화를 걸었다. 그런데 그곳에는 그런 사람이 없다는 것이다. 또 당했구나 하는 마음에 머리끝까지 치밀어오르는 화를 감당하기가 어려웠다.

'다 내 탓이다. 세상물정을 모르니 당할 수밖에. 비싼 수업료 내고 공부한다고 생각해야지' 라고 애써 나를 달랬지만 결국 소리내어 실컷 울고 나서야 겨우 마음을 추스릴 수 있었다.

10년 넘게 판매업을 해온 사람들 이야기를 들어보면 장사는

보통 아이들보다 더 약골이었던 나는 다섯 살 무렵부터 키가 자라기 시작했다. 바로 이때부터 거인병 증세가 시작된 것이다.

불교대학에서 어머니와 함께

역시 요령이 필요했다. 나는 겨우 걸음마 단계인데 수업료 내고 인생을 배우는 것이라고 자위할 수밖에 없었다. 그러나 인생수업료 치고는 너무나 비싼 몇천 만원의 손실을 내고 3년 만에 화장품 대리점문을 닫아야 했다.

집에서 두 달을 놀다가 우연히 신문광고를 보고 정수기 다단계 판매회사를 찾아갔다. 대리점 사장님은 나를 알아보고는 무척 반갑게 맞아주었다. 나는 힘들겠지만 한번 해보자고 마음먹고 다음 날부터 바로 출근했다.

새벽 6시에 출근해서 일을 하다가 9시쯤 사무실에서 아침밥을 지어 먹었다. 그리고는 자료를 들고 영업을 하러 나섰다.

한 가정집의 초인종을 누르자 아주머니가 나와 놀란 눈으로 쳐다보는 것이 나를 알아보는 듯했다.

"저 아시죠? 전 국가대표 농구선수 김영희인데요."

"네, 잘 알죠. 그런데 무슨 일이세요?"

"먼저 물 한 잔만 주시겠어요?"

아주머니는 안에서 물 한 컵을 가져다 주었다.

"잘 먹었습니다. 그런데 아주머니, 댁에 정수기 있나요? 없으면 잠시 제가……."

내 말이 채 끝나기도 전에 아주머니는 필요없다며 대문을 쾅 닫고는 안으로 들어가버렸다.

이런 경우는 물 한 잔이라도 얻어먹었으니 그나마 나은 편이었다. 나를 경계해 말 한마디 못 건네고 나오거나 아예 문을 열어주지 않는 경우가 대부분이었다. 결국 나는 일반사람들을 상대로는 한 대의 정수기도 팔지 못한 채 친척들을 동원해 정수기 일곱 대를 팔고 부장으로 승진했다.

신문에 내 이름으로 구인광고를 낸 15명의 부하직원을 뽑은 후 그들의 관리에 들어갔다. 그들이 돌아다니며 정수기를 팔면 나에게로 연락을 해왔다. 그러면 나는 그것들을 기록하기도 하고 그들이 요청한 자료들을 만들어놓기도 했다. 그리고 수당을 받으면 그들을 불러모아 점심을 대접했다.

그때 나는 여성답게 보이기 위해 외모에 많은 신경을 썼다. 손톱에는 매니큐어까지 발랐는데, 당시는 매니큐어를 손톱 전체가 아니라 가운데 한 줄만 긋는 게 유행이었다.

내 손톱을 본 대리점 사장님이 물었다.

"김 부장, 왜 손톱 전체를 바르지 않고 한 줄만 칠하였소?"

나는 싱글벙글 웃으며 말했다.

"내가 손이 크다 보니 손톱도 엄청 크잖아요. 이 손톱에 다 바르려면 매니큐어가 몇 통 들어갈지 몰라요. 아깝잖아요."

다음 날 출근한 사장님이 나에게 매니큐어 10병을 내밀며 한마디 했다.

"아내가 어떤 여자 주려고 매니큐어를 샀느냐고 따지고들어 진땀 뺐소."

매니큐어 이야기가 농담인 줄 모르고 있던 사장이 재미있어 한마디 덧붙였다.

"그럼 사장님, 우리 삼각관계네요?"

정수기 판매일을 하며 돈을 조금 벌었다. 그러던 어느 날 만난 다른 지점의 부장이 이 일을 오래 하면 결국 빚만 진다며 이쯤에서 그만두는 게 좋을 거라고 이야기했다. 새로운 판로가 개척되지 않으면 자기 돈을 내서 실적을 만들어야 하고, 이것이 쌓이다 보면 빚더미에 앉을 수도 있다는 설명이었다. 그의 이야기를 듣고 망설임 끝에 그 일을 그만두었다.

나는 정수기 영업일을 통해 담력을 키울 수 있었다. 이제는 다른 사람과 농담까지 주고받을 수 있을 정도로 여유도 생겼다. 이전까지만 해도 남들 앞에 나서는 걸 꺼려했지만 회사 행사 때는 5천명이 보는 앞에서 노래와 춤까지 췄다.

얼마 전 장애우 메달리스트 모임에서 노래를 불러 카메라를 상으로 받은 것도 바로 정수기 영업일을 통해 얻은 용기 덕분이었다.

어머니, 왜 저만 두고 하늘나라로 가셨나요

다시 집안생활이 시작됐다. 나는 어머니와 함께 새벽 4시만 되면 집에서 가까운 산에 올라갔다. 어머니가 다니던 충청도에 있는 절에도 함께 나가면서 불교에 마음을 의탁했다. 그때 주지스님은 나에게 좋은 말씀을 많이 들려주셨다. 다른 신자들은 보통 10분 면담하기도 어려운데 내가 찾아가면 주지 스님은 늘상 한 시간 이상씩 시간을 내주었다.

스님은 나에게 마음을 비워야 행복해진다고, 어려운 사람들을

먼저 보살펴야 내가 어려울 때 그들의 도움을 받을 수 있을 거라고 말씀하셨다. 평소에 어머니가 내 귀에 딱쟁이가 앉도록 얘기했던 것과 같은 이야기였다.

"시집도 못 가는데 아프기라도 하면 누가 돌보아주겠니. 항상 네가 먼저 고개 숙이고 네가 먼저 마음 열어 많은 친구를 만들어라. 베품으로 덕을 쌓아 더불어 살아가는 인생을 만들어야 외롭지 않단다."

좋은 약은 입에 쓰다고 분명 나를 위한 말이란 것을 알면서도 어머니가 이 말씀을 할 때마다 짜증을 내곤 했다.

내게 있어서 괴로움의 근원이자 재난의 뿌리는 바로 내 육신이었다. 마음이 괴롭고 애를 태우며 걱정하고 두려워하는 이유가 모두 이 몸 때문이었다.

나는 어머니가 절에서 가져다준 스님들의 책을 읽으며 하루하루를 보냈다. 외로운 삶을 이겨내기 위해선 몸과 마음의 모든 번뇌를 벗어버려야 했다. 나는 마음속의 모든 번뇌를 벗어버리기 위해 보름 동안 기도 정진에 들어갔다.

어느 한순간, 까닭을 알 수 없는 슬픔이 복받쳐오르면서 눈물이 쏟아지기도 한다. 어렸을 적부터 철없이 여리기만 했던 나는 늘상 부모님 사랑에 목말라 했다. 갈망의 샘을 파고 나면 또 다시 천륜의 정이 그리워 외로움에 떨었다. 홀로 추슬러야 하는 외로움을 견디지 못할 때, 어머니는 나에게 둘도 없는 친구이자 인생의 동반자가 되어주었다.

우리는 누구나 안정된 삶과 편안한 삶을 갈구한다. 그 안정과 편안함은 어찌 보면 타성이 만들어놓은 함정에 불과할지도 모른다. 그러나 생각을 거두어들여 모든 욕망에서 벗어나야 비로소 인생의 참행복을 알게 될 것이다. 그리고 모든 생명의 소중함과, 나는 내가 아님을 진정으로 깨우칠 때 인생의 참된 모습을 느낄 수 있을 것이다.

그동안 나는 나만의 아픔에 깊이 빠져 부모님 마음을 더욱 아프게 해드렸다. 어머니가 절에서 가져다준 그 책들은 바로 어머니가 나에게 하고 싶은 말씀이었을 것이다.

'엄마, 엄마는 100살까지 사셔야 해요. 언젠가 엄마가 이 세상을 떠나면 저도 엄마 따라 갈 거예요. 왜냐하면 엄마는 내가 사는 이유이기도 하니까요.'

농구에 대한 연민도 이제는 차츰 기억 속에서 시나브로 멀어져가고 있었다. 내 몸과 마음의 여성성은 사라져 이미 나는 더 이상 여자가 아니었다. 그나마 부모님의 사랑과 가족애로 거인으로 변한 나 자신에 대한 괴로움을 극복해 나가고 있었다. 국가대표 농구선수로서 화려했던 시절보다는 아픔의 상처가 더 많았던 나날들이었다. 이제 더 이상은 그런 기억들을 돌이켜보고 싶지 않았다.

그런데 누군가 이 작은 행복조차 시기라도 하듯 우리 집안에는 또 다른 먹구름이 몰려오고 있었다. 어느 날부터인가 아버지의 복통이 시작되어 진찰받은 결과 담석증으로 판명났다. 그나마 레이저로 방광 속에 들어 있는 돌을 깨는 수술로 한숨을 돌렸

다. 술을 전혀 드시지 못하는 아버지는 의사선생님의 권유로 억지로 맥주까지 마셨다. 그런데도 통증은 갈수록 심했고 병원을 찾을 때마다 요도를 통해 치료했다.

아버지는 담석증에서 방광염으로 병이 악화되어가고 있었다. 전혀 소변을 볼 수 없는 지경에까지 이르러 옆구리에 구멍을 뚫어 소변 주머니를 달고 다녔다.

며칠 후 아버지 진찰을 마친 의사선생님이 청천벽력 같은 이야기를 했다. 아버지 방광에 암세포가 자라고 있어 그 추이를 지켜본 후 수술 여부를 결정해야 한다는 것이다.

남동생을 제외하고 우리 가족은 모두 환자였다. 아버지의 암 선고로 우리 집안은 또다시 긴장감이 맴돌았다. 그날 밤 나는 어머니 앞에 엎드려 내가 부모님 마음을 너무나 아프게 했다고, 나 때문에 아버지까지 병이 난 거라고 울부짖었다.

며칠 후 아버지는 14시간에 걸친 대수술을 받았다. 마취에서 깨어난 아버지는 그 동안 겪은 고통으로 수척한 모습이었지만 표정만은 밝아 보였다.

우리 가족은 예전의 화목함을 되찾았고 나는 새벽 4시만 되면 여지없이 어머니와 함께 1시간 정도의 거리에 있는 산에 올랐다. 그러기를 1년, 다시 건강이 악화된 아버지가 병원을 찾았다.

병원문을 열고 들어서는 순간 어머니는 불안한 예감을 직감하고 있는 듯했다. 아버지는 물론이고 우리 가족은 아버지 몸에 더 이상 암세포는 없을 것이라고 확신했다. 그러나 MRI 촬영결과 아버지 몸속에서는 또다시 암세포가 자라고 있었다. 수술로

99%는 제거할 수 있지만 피부조직에 붙어 있는 1%의 암세포는 찾아내기 힘들다는 설명이었다.

수술날짜를 기다리는 아버지의 초췌해진 모습은 예순의 나이보다 10년은 더 늙어 보였다. 마침내 수술대에 오른 날, 아버지는 이미 암세포가 몸 전체로 퍼져 쉽게 손을 댈 수 없는 상태였다. 그리고는 1년을 넘기기가 힘들다는 얘기만 들었을 뿐 아무 조치도 취하지 못한 채 무거운 발걸음으로 병원문을 나섰다. 아직 10월의 끝자락이 남아 있지만 우리 가족들의 마음은 한겨울이었다.

남동생은 결혼과 함께 첫 딸을 낳았다. 올케는 핏덩이 조카를 외가에 맡겨놓고 아버지 병간호를 했다. 어머니는 며느리 잘 얻었다고 이웃들에게 입이 마르도록 며느리 칭찬을 하고 다녔다.

찬바람이 몹시 불던 어느 날이었다. 그날 따라 시장에 다녀온 어머니는 알타리 무김치를 담느라 손길이 매우 바빴다. 어머니는 평소 혈압약을 복용하고 있어 날씨가 갑자기 춥기라도 하면 조심해야 한다. 그런데 그날 저녁, 식사준비를 하던 어머니가 갑자기 헛손질을 했다. 그러더니 입이 한쪽으로 돌아가면서 그대로 쓰러졌다.

내 평생 흘린 눈물이 이제 마를 법도 하건만 멈출 수가 없었다. 아버지 병간호로 지칠 대로 지쳐 있으면서도 힘든 내색 한 번 않고 꿋꿋이 버텨왔던 어머니. 나는 그때 부처님 하나님 성모 마리아님 모두에게 매달렸다. 이 세상 누구보다 소중한 내 어머니가 다시 일어나 오래토록 살게 해달라고 간절한 마음으로 빌

었다. 부모님의 고통을 내가 짊어지고 갈 수 있도록 해달라고 빌고 또 빌었다.

중환자실에 있던 어머니는 입원 한 달 만에 입원실로 옮겨졌다. 그나마 한숨 돌린 어머니 앞에서 훌쩍거리기라도 하면 어머니는 내 손을 잡으며 말씀하셨다.

"이것아, 내가 어찌 너를 두고 가겠느냐. 내 걱정 말고 네 몸이나 잘 챙겨."

"엄마, 얼른 완쾌하세요. 엄마가 집에 안 계시니까 집안이 너무 쓸쓸해요."

"그럼 그럼. 네 아버지도 걱정이고 내가 얼른 일어나야지……."

어머니는 보기보다 매우 강인한 사람이었다. 그 때문인지 회복 또한 매우 빨라 보였다. 얼마 지나지 않아 어머니는 가끔 농담까지 섞어가며 맑은 정신으로 또박또박 말을 했다. 그제서야 긴장했던 가족들도 조금 안심할 수 있었다.

이번에도 올케는 어머니 병간호를 위해 몸을 사리지 않았다. 매일같이 어머니 몸을 닦아주고 대변과 소변까지 받아야 하는 힘겨운 일을 웃는 얼굴로 해냈다. 가족들은 어머니의 빠른 회복에 올케의 힘이 크다는 것을 알고 있었다.

어머니는 태어날 때부터 안경으로는 교정이 안 될 만큼 시력이 매우 나빴다. 오토바이가 눈앞으로 다가와도 희뿌연한 물체로 보이고 밥상 위의 반찬이 보이지 않아 손으로 더듬거릴 정도였다. 어머니의 이런 선천적인 약시는 외할머니로부터 유전된 것이고, 이는 남동생에까지 유전되어 굵은 돋보기를 쓰는 동생은 그 때문에 군대도 면제받았다.

그래도 어머니는 매사 조심스러워 나쁜 시력 때문에 실수하거나 사고를 당한 적이 없었다. 오히려 당신 말마따나 그릇 하나 깨뜨리지 않고 살림도 하고 더듬거리긴 했지만 바느질도 했다. 나아가 그런 눈으로 행상까지 하며 가족들을 먹여 살렸다.

어머니가 입원실로 옮긴 지 보름째 되는 날 새벽, 갑자기 전화벨이 울렸다. 시계는 새벽 2시 30분을 가리키고 있었다. 아버지가 받아든 전화기 저편에서 올케의 다급한 목소리가 새어나왔다.

"아버님, 큰일났어요! 어머님이 좀전에 변을 보시는 듯하더니 그 길로 쓰러지셨어요. 숨을 쉬지 않아 인공호흡기를 댔는데도 아무런 반응이 없어요."

아버지와 동생이 병원으로 달려가고 나는 연락이 올 때까지 어찌할 바를 모르고 집안을 서성거렸다. 그러면서도 올케가 놀래키려고 거짓말 한 것이라고 믿고 싶었다. 지금이라도 거짓말이라고 웃으며 전화해줄 것을 기대하고 있었다. 어머니가 나를 두고 그렇게 쉽게 떠나가시지 않을 거라는 믿음 때문이었다. 어머니는 결혼도 못하는 딸의 영원한 친구가 되어주기로 했던 약속을 반드시 지킬 것이라는……. 그러나 내 믿음은 한낱 나의 소망일 뿐이었다.

어머니와 함께했던 시간들이 머릿속을 스쳐갔다. 뇌종양 수술 후 집에서 몇 달 쉬고 있을 때 어머니는 새벽마다 나를 깨워서는 동네 뒷산으로 데리고 다녔다. 내가 사람들 시선을 불편해하는 것을 알고 동이 트기 전에 운동을 시킨 것이다. 어머니의 부재는

내 삶의 의미가 없는 것이었다. 어머니가 돌아오시지 않으면 내가 어머니를 따라가는 길밖에 없다고 생각했다.

나는 어머니의 죽음을 인정할 수 없었다. 어머니를 꼭 껴안고 "엄마, 영희 왔어요. 왜 병원에 누워 있어요. 얼른 일어나세요" 라고 하면 어머니는 "오냐, 내 딸아" 하면서 일어나 앉을 것만 같았다. 그러나 어머니 죽음은 분명 현실이었다.

나는 어머니를 집에서 보내드리고 싶었다. 그래서 "엄마를 하룻밤이라도 집으로 모시자"고 하자 친척 어른들이 "바깥에서 돌아가시면 집안으로 들일 수 없다"며 반대를 했다. 그래도 끝까지 고집을 부리는 내 뜻에 따라 결국 대문 앞에 천막을 치고 어머니를 모셨다.

나는 어머니 관에 이불을 덮어주고 그 옆에 엎드려 밤을 지샜다. 그날 따라 몹시 추운 겨울 바람이 불고 있었다. 어머니는 그렇게 영원히 나의 곁을 떠나갔다.

어머니가 살아온 59년의 신산한 삶이 내 눈앞에서 펼쳐졌다. 어머니가 없는 세상은 무섭고 슬프고 허무했다. 이별과 소멸과 단절은 내 모든 것을 앗아갈듯이 두렵기만 해 나는 밤마다 어머니와 대화를 나눴다.

"엄마는 심장이 멎는 순간 무슨 말을 하고 싶었어요? 나에게 분명히 하실 말씀이 있었을 텐데 엄마, 지금이라도 이야기해봐요. 내가 엄마 말 들어줄게. 사람은 모두 세상구경 끝내고 떠나야 하는 시한부 인생을 산다지만 이건 아니잖아요. 엄마는 오래

오래 내 곁에 있어준다고 했잖아요."

"……."

"엄마, 그래도 이 불초한 딸자식이 효도 한 번 할 수 있는 기회는 주어야 했지 않나요? 엄마는 참 나빠요. 어찌 그런 기회조차 주지 않고 그렇게 훌쩍 떠날 수 있어요. 그리고 나에게는 하나밖에 없는 진정한 친구였는데…… 그런 엄마가 떠나버렸으니 나는 어떻게 살라구요."

땅을 치며 호소하면 금방이라도 어머니가 "영희야" 하고 다가올 것만 같은데 사방을 둘러보아도 어머니는 그 어디에도 없었다. 어머니는 아무런 대답이 없었다.

어머니가 없는 하늘 아래에서도 해는 뜨고 시간은 흘러갔다. 나의 처절한 비통함을 몰라주는 하늘이 원망스러웠다. 나에게는 모든 것이 정지되어버린 듯했다. 또 다시 단절된 꿈의 조각들은 사금파리마냥 예리하게 내 심장에 생채기를 냈다. 어머니가 살아온 인생이 파노라마처럼 스쳐갔다. 몸고생, 마음고생만 하다가 허무하게 떠나버린 어머니에 대한 그리움에 내 가슴에 핏빛 같은 비가 내리고 있었다.

'추적 60분'에 이어 '사랑의 카네이션'이라는 TV 프로그램에 출연했을 때다. 부모에 대한 효를 주제로 한 내용이었는데 나는 어머니 생각이 간절해 신들린 사람처럼 넋두리를 늘어놓았다. 어머니는 나에게 유일한 친구이자 인생의 반려자와도 같은 존재였다.

어릴 적 우리집은 늘 가난했다. 아버지가 결핵으로 요양원 생활을 하는 3년 동안 어머니는 생선 행상을 했다. 한겨울에도 양말도 신지 않은 채 행상을 다녀 늘상 손발이 부르터 있었다. 그렇게 해도 하루 1~2천원 벌이가 고작이어서 우리는 국수로 끼니를 때우다시피 했다.

중학교 2학년 농구선수 시절 갑자기 진로를 바꿔 유공 배구팀으로 갔던 것도 바로 2만 5천원의 월급 때문이다. 그 덕분에 잠시나마 집안 형편이 나아졌다. 그 돈으로 아버지 병도 치료했고 어머니는 행상을 접고 살림만 할 수 있었다. 당시 나는 부모님께 효도했다는 생각에 마음이 뿌듯했다.

나의 불편한 몸 때문에 평생 옥죈 삶을 살다 가신 부모님께 죄스러워 불효자가 된 심정을 방송을 통해 토로했다. 방송 후 사람들은 내가 정말 '한 많은 여자' 라는 것을 알았다고 얘기하곤 했다.

끝도 없이 기다리던 어머니 향기

1963년 경남 언양에서 경주 김씨 가문의 첫 손녀로 태어난 나는 부모님은 물론 할머니 할아버지의 인기를 한몸에 독차지했다. 할아버지는 나를 업고 마실을 다니며 이웃들에게 자랑하는 것을 일과로 삼았다. 그러나 젖먹이 때의 나는 보통 아이들보다 더 약골이어서 나를 위해서 할머니는 매일 절을 찾아 백일기도를 올렸다. 다섯 살 되던 해부터 쑥쑥 자라자 집안 어른들은 모두 할머니 기도 덕을 봤다며 좋아했다.

초등학교에 입학할 즈음 부모님을 따라 경주로 이사를 하게
됐다. 그때 아버지는 경주법주와 인연을 맺어 주류 도매업을 시
작했다. 아버지 사업이 번창하고 우리 집안은 큰 근심거리 없이
평온했다. 그러던 중에 남동생까지 태어남으로써 내가 태어난
이후 가장 행복했던 시간들이었다.

그러나 그 행복은 오래 가지 못하고 초등학교 3학년 때 아버지
사업이 부도를 맞았다. 어느 날 아버지가 나를 불러 앉히더니 침
울한 목소리로 입을 열었다.

"영희야, 너는 당분간 할머니집에 있거라. 엄마 아빠는 동생
데리고 부산에 가서 자리잡으면 데리러 오마."

나는 엄마와 떨어져 지낸다는 사실이 두려웠다.

"엄마, 얼마나 있으면 나 데리러 올 거야?"

"조금만 있으면 돼. 새 학교로 전학 가면 좋은 친구들이랑 재미
있게 지내고. 그리고 엄마가 수시로 찾아갈 테니 걱정하지 마."

"엄마, 매주 일요일마다 보러 올 거지? 안 그러면 내가 부산으
로 찾아갈 거야."

"할머니집에는 네가 좋아하는 막내고모도 있잖아. 고모가 재
미있게 해줄 거야. 할머니 말씀 잘 듣고."

나는 그날 밤 고모를 따라 할머니집으로 갔다. 부모님과 떨어
진다는 불안함, 새로운 세계에 대한 두려움에 나는 마치 끌려가
는 듯한 기분이었다. 아직 철 없는 나이이기는 해도 부모님 말씀
에 따라야만 행복이 찾아올 것만 같았다. 하지만 어머니가 옆에

없어도 잘 지낼 수 있을지는 자신이 없었다.

그때부터 나는 언양의 할머니댁에서 1년을 보냈다. 낮에는 그나마 친구들과 어울리느라 어머니 생각이 덜 났다. 학교가 파하면 친구들과 들로 산으로 돌아다니다가 허기가 지면 남의 고구마밭에 들어가 서리를 했다. 그리고는 마른 장작과 짚을 태워 군고구마를 만들어 먹었다. 그때 먹었던 군고구마의 꿀맛은 지금도 잊을 수 없다.

하루는 수박 껍데기를 머리에 뒤집어쓰고 수박밭에 숨어 들어갔다. 내 머리통만한 수박을 몰래 따서 나오다가 결국 나의 큰 키 때문에 밭주인에게 들켜버렸다. 나는 무릎을 꿇고 싹싹 빌었다.

"아저씨, 잘못했어요. 다시는 안 그럴게요. 한번만 봐주세요."

"계집애가 수박을 훔치러 다녀? 한 번만 더 걸리면 그땐 네 부모에게 다 물릴 테다."

"아저씨, 이제 절대 이런 짓 안 할게요. 한번만 용서해주세요."

겁 많은 나는 아저씨 바짓가랑이를 붙들고 엉엉 울면서 애원했다. 아저씨는 한바탕 언성을 높이더니 나를 불러 세웠다.

"넌 왜 그렇게 키가 크냐? 먹기도 많이 먹겠구만. 이왕 이렇게 된 거 네가 딴 수박은 다 먹고 가."

혼쭐이 나기는 했어도 친구들과 수박을 실컷 먹을 수 있었다.

어머니는 나를 자주 찾아왔다. 그런 날은 풀벌레 소리를 자장가로 들으며 어머니 무릎을 베고 잠이 들었다. 그러면 어머니는 손때 묻은 부채로 내 몸에 시원한 바람을 뿌려주며 이렇게 말했다.

"영희야. 아무리 어려워도 남에게 해코지 않고 네가 먼저 베풀고 살면 언젠가는 복을 받는단다."

어머니는 생선 날품팔이를 하느라 늘 고단한 몸이었지만 딸의 시시콜콜한 이야기를 다 들어주는 다정다감한 성격이었다. 나에게 어머니만 곁에 있으면 어려운 집안 형편 같은 건 아무 문제될 게 없었다. 매일 국수만 먹어도 세상에 부러울 것이 없었다.

초등학교 4학년에 다니던 어느 날 어머니는 다시 나를 포항의 외할머니댁으로 데려갔다.

포항에 있을 때는 거리가 먼 탓인지 어머니가 자주 오지 않았다. 내가 밤마다 어머니 꿈을 꾸며 눈물로 베갯머리를 적시자 옆에서 이를 보던 외할머니가 무척 안쓰러워했다. 함께 살 때는 늘 어머니 냄새를 맡으며 잠이 들었는데 그 향기를 맡지 못하자 병이 날 것만 같았다.

나는 이른 아침부터 밭일을 나가 외할머도 없는 빈 집에 홀로 남아 있는 것이 싫어서 자주 기차길을 따라 걸어다니곤 했다. 철길을 걷다 보면 멀리 기적소리가 들리며 기차가 역에 도착해 사람들을 내려놓는다.

그럴 때마다 사람들 속에 어머니가 있지 않을까 두리번거리곤 했다. 잔뜩 기대했다가 어머니를 찾지 못하면 혹시나 기차에서 못 내린 건 아닌지 기차를 바라보지만 기차는 기적소리를 남기고 그대로 떠나버렸다. 기차가 긴 꼬리를 거두며 사라질 때까지 나는 눈길을 떼지 않았다. 금방이라도 어머니가 나를 부를 것 같아서였다.

해가 기울고 어둠이 깔리면 집으로 돌아가 저녁을 먹는 둥 마

는 둥 하고 일찍 잠자리에 들었다. 그러는 날에는 부모님과 동생의 얼굴을 떠올리며 볼을 타고 흘러내리는 두 줄기 눈물에 마음까지 촉촉이 젖어 서러운 밤을 보냈다.

유난히 추웠던 겨울 어느 날, 어머니를 기다리는 것도 지쳐버린 나는 밥도 잘 먹지 않고 있는 대로 풀이 죽어 있었다. 그런 내가 안쓰러웠는지 그날 외할머니는 일찍 밭일을 끝내고 들어오셨다.

"우리 영희 호박떡 만들어주려고 늙은 호박 하나 따왔다."

"할머니, 떡 먹고 싶지 않아요. 엄마 오면 만들어주세요. 떡도 엄마랑 같이 먹어야 맛있어요."

나는 어릴 적부터 워낙 떡을 좋아해 '떡보' 라는 별명이 붙었다. 그것을 알고 외할머니가 호박떡을 만들어준다는 것이었는데 나는 여전히 시무룩한 채 어머니 타령만 했다. 어머니에 대한 그리움에 식욕마저 달아나버렸다. 하지만 할머니는 분주한 손놀림으로 호박떡을 만들기 시작했다.

그때 누군가 대문을 열고 들어오는 소리가 들렸다. 엄마의 목소리가 들리는 듯했지만 늘 그랬듯 환청일 거라고 단정했다. 설마 이 늦은 시간에 어머니가 올 리 없다고 애써 단념하고 있었다.

그 순간 방문을 열고 들어선 사람은 바로 어머니였다! 내가 그렇게도 그리워하던. 어머니를 보는 순간 그간 그리움을 참았던 설움이 복받쳐 하염없이 눈물이 쏟아져 내렸다. 그런 나를 어머니가 꼭 껴안아주자 바로 애타게 그리워하던 어머니 냄새가 났다.

그날 밤 내가 잠든 사이 어머니가 또 떠나버리지 않을까 하는 불안감에 잠을 이루지 못했다. 그리고는 몇 번씩 어둠 속에서 더

평생 나의 친구가 되어준 어머니. 사진 속 어머니는
4년 후 뇌졸중으로 세상을 떠나고 말았다.

삶의 의미를 잃은 나를 끝까지 붙잡아준 남동생과 가
족들

듬거리며 어머니를 확인하고서야 겨우 마음을 놓았다.

다음 날 나는 어머니를 따라 부산으로 가기 위해 열차에 몸을 실었다. 차창 밖에서 계속 눈물을 훔치며 바라보고 있는 외할머니 모습이 너무 외로워 보였다. 그래도 나는 가족들을 만나러 간다는 생각에 마음이 마냥 들떠 있었다.

죽음보다 깊은 병

어머니는 가셨지만 내 마음 속에 있는 어머니는 영원히 보내드릴 수 없었다. 나로 인해 마음고생만 했을 어머니만 생각하면 가슴이 찢어지는 통증이 따라왔다.

나는 아픈 아버지까지 원망했다. 평소 까다로운 성격 때문에 어머니가 마음고생이 많았기 때문이다. 이 세상에 하나밖에 없는 어머니이자 진정한 친구를 잃었다는 아픔은 나를 우울하게 만들었다. 그리고 원망스런 아버지는 나의 우울증을 더욱 깊은 나락으로 빠트리고 있었다.

어느 날부터 나는 또 다시 바깥세상을 등지고 집 안에만 칩거하는 은둔생활과 함께 우울증이 내 몸을 갉아먹기 시작했다. 밤이 오는 것이 두렵고 어둠이 무서웠다. 영하 15도를 웃도는 혹독한 추위도 아랑곳 않고 창문과 방문을 모두 열어놓고 밤새 TV를 크게 틀어놓아야만 그나마 조금 안정되는 것 같았다. 이제 남아있는 가족은 하루하루 희망 없는 삶을 지탱해가는 아버지와 동생 가족뿐이었다.

그 무렵 동생 가족은 부천으로 이사를 가고 아버지와 단 둘이 남아 있는 큰 집은 적막강산이 됐다. 간헐적으로 발생하는 통증을 견디지 못하는 아버지는 진통제 없이는 잠을 못 이루었다. 그래도 내 마음 속에는 살아계신 아버지보다 어머니가 더 크게 자리하고 있었다. 어머니 생각에 이제는 음식조차 넘길 수 없었다.

'그래. 어머니 없는 이곳에 살아있은들 무슨 소용이 있을까.'

나는 음식은 물론이고 물 한 모금조차 입에 대지 않았다. 130kg을 육박했던 내 몸무게는 어머니 가신 지 6개월이 지날 이즈음 70kg도 나가지 않았다. 몇 년 만에 들여다본 거울 속의 내 모습은 한마디로 산 송장이었다. 튀어나온 광대뼈와 피골이 상접해 있는 나는 예전과는 완전히 다른 모습이었다. 갈비뼈가 앙상하게 드러났고 허벅지가 팔뚝만큼 가늘어져 있었다. 화장실에 가기 위해 일어설 힘조차 없어 누운 채로 소변이 흘러나왔다.

아버지는 구급차를 불러 아무리 설득해도 도무지 말을 듣지 않는 나를 억지로 병원으로 데려갔다. 하지만 병원에서도 나는 여전히 물 한 모금 마시지 않은 채 링거 주사로 생명을 유지했다. 남동생과 올케가 급히 병원으로 달려와 나를 달랬지만 이미 생을 포기한 내 마음을 돌이키지는 못했다.

보름 만에 퇴원을 했지만 아직 내 몸은 정상이 아니었다. 동생과 올케가 나를 돌보겠다며 자기네 집에 머물게 했다. 그들은 매일같이 새벽 4시만 되면 수산시장에 가 이것저것 해물들을 사다가 죽을 끓여 내 앞에 디밀었다. 두 사람의 수고에도 아랑곳 않고 오직 어머니 생각만 머리에 가득 차 있던 나는 굶어도 배 고픈 줄

몰랐다. 이대로 어머니가 있는 곳으로 가고 싶을 뿐이었다.

그러던 어느 날 올케가 울음 섞인 목소리로 내 마음을 흔들었다.

"언니, 언니의 선택을 막지 않겠어요. 하지만 어머니는 이미 돌아가시고 아버님 또한 희망 없는 삶으로 하루를 버티시잖아요. 그런데 언니마저 이 세상을 등진다면 하나밖에 없는 동생은 누구를 의지하고 살아가야 합니까. 한번이라도 동생 생각을 해봤느냐구요."

그 순간 마치 깊은 잠에서 깨어난 것처럼 정신이 번쩍 들었다.

그렇다. 나에게는 동생이 있었다. 나까지 떠나버리면 세상에 혼자 남게 될 동생이 얼마나 외로울지 미처 생각지 못한 것이다.

다음 날부터 죽을 조금씩 먹기 시작했다. 하지만 내 몸은 모든 기능이 쇠약해져 있어 제대로 서 있기조차 힘들었다. 가까운 화장실도 올케나 동생이 부축해야 가능했다. 나는 동생과 올케를 위해서라도 다시 일어서야 했다. 하지만 어머니에 대한 사무치는 정에 심지어는 나를 자상하게 돌보아주는 올케가 어머니로 보였다.

"엄마 밥줘."

그러면 올케는 "알았어, 언니. 무조건 먹어애 해"라며 엄마 역할까지 해주었다.

그로부터 2년 후 예순둘의 나이로 아버지마저 세상을 떠나갔다. 사람은 누구나 고아가 된다더니 동생과 나도 고아가 됐다. 부모님과의 사별은 나이만 들었을 뿐 철모르는 나에게 충격이었다. 작으나마 의지했던 아버지마저 이별을 하고 보니 마치 지옥의 불구덩이 속에 들어 있는 기분이었다.

동생 집에서 머문 지 거의 1년이 되어가는 어느 날, 회사에서
퇴근한 동생의 표정이 매우 어두워 보였다.

"누나, 회사가 청주로 옮기게 되어 이사 가야 해요. 그러니 누
나도 함께 청주로 갑시다."

동생과 헤어진다는 게 서운해도 나는 동생의 제의를 거절했다.

"아니야, 난 여기 남아 있을래."

올케도 걱정이 되는 듯 한마디 거들었다.

"언니, 그러지 말고 저희랑 같이 가요. 혼자 어떻게 지내려고
그래요? 우리가 마음이 안 놓여요."

동생과 올케가 내 든든한 후원자이기는 해도 더 이상 부담을
주고 싶지 않았다. 특히 올케는 결혼하자마자 어머니 아버지 병
수발에 이어 시누이인 나까지 간호하느라 고생이 많았다. 그래
도 힘든 내색 한번 하지 않은 너무나 고마운 사람이다.

나는 올케의 정성이 아니었다면 벌써 저세상 사람이 되었을지
도 모른다. 그런 올케도 이젠 가족들과 오순도순 사는 재미를 느
껴야 했다. 내 몸이 정상이면 살림이라도 도와주겠지만 내가 할
수 있는 일이라곤 하나도 없었다. 더 이상은 올케 신세를 져서는
안 된다고 생각했다.

어머니는 돌아가시기 전 나에게 늙으면 양로원에 들어가서 편
안히 지내라고 유언처럼 말씀하셨다. 하지만 그나마 있던 선수시
절 모아두었던 돈은 아버지 치료비로 다 써버려 내 수중에는 한

푼 없었다. 선수시절 땄던 은메달 덕분에 매달 나오는 연금 20만 원이 전부였다. 동생은 건강이 좋지 않은 누나 혼자 두고 가는 게 영 내켜하지 않는 눈치였지만 이번만은 내 고집을 꺾지 못했다.

선수생활을 하느라 동생과 어울리는 시간이 많지 않았던 나는 토요일만 되면 집으로 쏜살같이 달려가 동생과 어울려 놀아주었다. 동생은 덩치 큰 내 등을 타고 노는 걸 무척 재미있어했다. 경기가 있는 날에는 동생은 친구들과 함께 관중석에서 열심히 응원한 후 경기가 끝나면 나에게 쪼르르 달려오곤 했다. 부모님이 떠나고 나자 동생이 나의 든든한 의지가 되어주었다.

"누나, 그러면 내가 전세집 얻어줄게."

"그래, 난 큰 집도 필요없고 단칸방이면 돼."

그리고 나는 며칠 후 부천 오정동 590번지로 이사를 했다. 모두 10가구가 모여 사는 3층 연립주택의 2층을 얻었다. 이제 8평 좁은 단칸방에서 나 혼자 살아나가야 한다. 이곳에 햇빛이 들어오든 들어오지 않든 이곳은 이제 내가 홀로서기해야 할 소중한 공간이었다.

CHAPTER 5

코끼리가
쏘아 올린
희망의 공

김원길 총재님의 따뜻한 손

내 소식이 언론을 통해 알려진 후 한국여자농구연맹(WKBL)의
김원길 총재님이 2002년 겨울철 리그 개막 때 나를 초청했다.
오랜만에 서울 장충체육관에 들어선 순간, 경기장 곳곳에 배어
있는 선수들의 땀냄새와 농구공의 텁텁한 냄새가 코끝에 와닿
았다.

반갑게 맞아주는 선배와 후배들의 따뜻함에 나는 그만 울음을
터뜨리고 말았다. 경기장에 들어서자 많은 관중들의 박수와 환
호성이 터져나왔다. 아직도 나를 잊지 않고 기억해주는 팬들의
함성소리에 나는 또 다시 흐르는 눈물을 막을 수 없었다. 흘러간
세월 속에 내 존재 역시 영원히 묻혀버린 줄 알았는데 뜻밖의 환
영에 몸둘 바를 몰랐다.

총재님이 나를 맞이하며 내 손을 따뜻하게 잡아주었다.

"영희가 그렇게 힘들게 사는 줄 몰랐어. 왜 진작 연락을 하지 그랬어. 이제 앞으로 경기장에 자주 나와서 후배들에게 힘이 되어줘."

총재님은 내가 직접 시구할 수 있는 영광을 주었다. 아울러 경기위원 임명장과 함께 성금까지 건네주었다. 나는 경기장에 들어서면서부터 눈시울을 붉혀 제대로 이야기하지도 못했다.

그 후 경기장에 앉아 경기를 지켜보노라면 누군가 내 뒤에서 어깨를 툭 친다. 바로 총재님이다.

"영희 왔어? 오늘은 더 예뻐 보이는데…… 뭐 좋은 일 있는 거 아니야? 경기장 좀 자주 나와라. 네가 없으니까 경기장이 썰렁하잖아."

나에게는 그 말 한마디가 그렇게 따뜻할 수가 없었다.

총재님은 여자 프로농구계의 아버지와 같은 존재였다. 내가 경기장을 찾을 때마다 열성적으로 경기를 지켜보고 있는 총재님 모습을 만날 수 있다. 코트에서 열심히 땀을 흘리는 선수들만큼이나 열성적이다.

경기가 열리는 곳이 서울이 됐든 지방이 됐든 빠지는 일 없이 꼭 참석해서 지쳐 있는 선수들에게 힘을 북돋아준다. 경기 도중 선수가 다치거나 넘어지면 재빨리 다가와 어깨를 다독거려주는 모습은 부모님과 다름없이 정겹다. 관중들도 그런 모습이 보기 좋은지 그럴 때마다 박수갈채를 보낸다. 여자 프로농구에 대한 총재님의 뜨거운 열정은 선수들에게 윤활유가 된다.

총재님은 지난 2000년 한국여자농구연맹 총재에 선임된 이후

여자농구 전도사로 나섰다. 한국여자농구를 빛낸 인물들의 소장품을 전시하는 '명예의 전당'을 만들어 농구지망생들의 꿈을 키울 준비도 하고 아울러 여자농구 박물관도 만들 계획을 하고 있다고 한다. 나아가 여자농구선수 출신들이 모여서 친목을 다질 수 있는 공간도 만들어주겠다고 한다.

한국여자농구연맹에서는 유소녀 지원사업도 펼치고 있다. 이는 한국여자농구의 탄탄한 저변확보 및 인재양성을 위한 첫걸음이라는 데 의의가 있는 것으로 알고 있다. 농구경기를 인터넷으로 볼 수 있게 된 것도 총재님의 적극적인 의지로 이루어진 일이다.

이제는 경기장 가는 날이 손꼽아 기다려진다. 마치 소풍 가기 전날의 어린 아이마냥 마음이 잔뜩 부풀어 있다. 후배들의 경기를 참관하면서 나는 더 큰 용기를 얻고 있다. 한 시즌이 끝나면 다시 겨울이 오기를 학수고대한다.

겨울철 여자 프로농구 경기를 기다린다는 것만으로도 더 없이 행복하다. 경기뿐 아니라 선배 후배들의 따뜻한 관심과 사랑은 나에게 살아가는 의미를 부여해주기 때문이다. 이제 나는 다시 농구를 사랑하게 됐다. 축복으로 시작했다가 저주로 끝나버린 농구와 다시 인연을 맺게 된 것이다.

키 작은 선수들은 여전히 나를 부러워하는 표정으로 바라본다. 선수로 뛰지는 않더라도 경기를 지켜볼 때면 선수시절의 욕망이 끓어올라 마음이 한껏 자극을 받는다. 프로화가 된 요즘의 농구는 세 명의 심판과 함께 예전 내가 뛸 때와는 많은 변화가 있다. 24초의 짧아진 공격시간은 그만큼 선수들의 순발력과 기동성을 요구한다. 더욱 빨라진 경기 흐름 속에서 선수들의 훌륭한 개인기가 펼쳐질 때마다 관중들의 박수소리가 터져나온다. 활기찬 경기 모습과 여자농구를 사랑하는 관중들의 반응을 보면 마음에 쌓였던 스트레스가 확 풀리는 느낌이다. 후배들의 경기를 보고 집으로 돌아오는 나는 늘상 흥분되어 있다.

동네 골목을 돌아다녀도 이제는 "와! 거인이다"라는 함성보다 "와! 농구선수 지나간다"라는 말을 자주 듣는다. 이제 나에 대한 사람들의 이야기가 더 이상 조롱거리가 아닌 따뜻함이 담긴 말로 다가온다. 그리고 그것에서 나는 용기를 얻는다.

거구의 몸으로 한번 움직이는 것이 쉽지 않아 매달 병원을 찾거나 장애우들과 함께하는 날을 빼고는 항상 집과 동네 언저리를 벗어나지 않았다. 그러나 이제 농구시즌이 되면 경기장을 찾는 것이 또 하나의 즐거움이 됐다. 요즘의 나는 경기장을 찾을 때마다 흥분되는 마음을 어찌할 줄 모르겠다. 나도 후배들과 함께 코트를 누비고 싶은 것이다.

한번은 경기가 끝나자마자 후배가 가쁜 숨을 몰아쉬며 나에게 다가오더니 편지 한 통을 건네주었다. 집에 와서 편지를 꺼내보니 글과 함께 돈이 들어 있었다.

선배님, 작은 정성이지만 병원비에 보태 쓰시고 하루 빨리 건강해지길 소망합니다.

그 후배가 또 한 번 나를 울렸다. 내가 농구선수 출신이라는 사실이 자랑스러웠다. 나는 이제 내 거대한 몸까지 사랑한다. 이 몸은 내게 시련을 준 만큼 영혼도 성숙하게 만들어놓았다.

후배들의 권유로 인터넷으로 여자농구인 클럽에 들어가보았다. 농구로 인생의 반을 살아온 이들은 세상에 때묻지 않고 순박하기만 했다. 그런데 클럽 회장님 모습이 보이지 않았다.

어느 날 미국 뉴욕에서 우편물이 도착했다. 뉴욕에 아는 사람이라고는 없는데 누군지 궁금한 마음에 급히 뜯어보니 바로 여자농구인 클럽 회장님이었다. 우편물 속에는 장문의 편지와 함께 당신 마음의 선물이 들어 있었다. 후배들을 통해 내 소식을 알고 있었고 나의 쾌유를 기원한다는 글이 적혀 있었다.

이제 나는 마음으로부터 전해져오는 주위의 사랑에 감사하고 나와 함께 어울리는 이웃이 있어 더없이 행복하다. 내가 쏘아 올린 희망의 공이 마침내 바스켓 안에 들어간 것이다.

오뎅 국물 한 그릇에 담긴 사랑

유난히도 추운 어느 겨울날 떡을 사기 위해 시장을 찾았다. 할머니 세 분이 언 손을 녹이기 위해 입김을 불며 좌판 앞에 쭈그리고 앉아 야채를 팔고 있었다. 차가운 바닥에 앉아 온 몸을 떨고 있는 모습을 보는 순간 어머니가 떠올랐다.

'어머니는 양말도 신지 않고 맨발로 행상을 하느라 겨울이면 늘 손발이 부르텄는데, 그때 난 진짜 철부지였어. 그런 어머니에

게 따뜻한 물 한 잔 건넬 생각을 못했으니…….'

나는 따끈한 국물과 함께 오뎅 2천원어치를 사 들고 할머니들에게 다가갔다. 거인이 다가가자 할머니들은 목을 뒤로 젖힌 채 넋을 잃고 바라보았다. 날씨가 추운데 따뜻한 오뎅 국물로 몸을 녹이라고 하자 한 할머니가 덥석 내 손을 잡고는 고마움을 드러냈다.

"아이구, 내가 30년을 이렇게 있어도 누구 하나 물 한 그릇 가져다주는 사람이 없었는데……."

할머니도 나도 알고 있다. 내가 할머니와 주고받은 것이 2천원어치의 오뎅이 아니라는 것을. 할머니가 하루에 얼마나 버는지는 모르지만 2천원의 화폐적인 가치는 미미하다. 하지만 할머니는 내가 드린 것이 돈으로는 계산할 수 없는 정이라는 것을 알고 있다. 하지만 내가 느끼는 행복은 할머니가 느끼는 고마움의 천 배 만배이다.

떡 대신 오뎅을 사버려 빈 손으로 돌아가지만 내 발걸음은 더 없이 가볍다. 굳이 떡을 먹지 않아도 배 고프지 않을 것 같았다. 그리고 어머니가 환하게 웃으며 한말씀 하시는 것 같다.

"가진 것이 없어도 베풀 수 있을 때 진정 행복을 느낄 수 있는 것이다. 늘 오늘이 마지막날이라 생각하고 아낌없이 그리고 후회 없는 삶을 살아라."

집에 들어설 때 전화벨이 울렸다. 거인병을 치료해주고 있는 병원의 사회사업부 수녀님 전화였다. 다짜고짜 빨리 병원으로 와보라는 거였다. 담당의사도 아니고 수녀님의 전화여서 궁금해

진 나는 서둘러 병원으로 향했다.

수녀님이 나를 보자마자 빙그레 웃으며 봉투를 건네주었다.

"이름도 연락처도 알 수 없는 어떤 분이 어려운 이들에게 써달라고 주신 거예요. 영희 씨에게 드리기로 했으니 어서 받으세요."

나는 순간 망설였다. 하지만 수녀님들도 내가 이웃을 돕고 있는 사정을 알고 주는 거라는 생각에 겨우 입을 뗐다.

"그렇지 않아도 내가 감당할 수 없는 거액의 병원비를 도와주셔서 새로운 생명을 얻었는데 이렇게까지 해주시니 뭐라 말씀드려야 할지……. 아무튼 너무너무 감사합니다."

집으로 돌아와 봉투를 열어보니 거금 200만원이 들어 있었다. 생각지도 않게 너무나 큰 돈을 받아쥔 나는 그날 하루 종일 심장이 콩닥콩닥 뛰었다. 그리고는 할머니에게 사드린 오뎅 한 그릇이 몇백 배가 되어 나에게 돌아온 것이라고 생각했다. 나아가 이 선물은 나로 하여금 더 많은 베풂으로 살아가라는 메시지라고 생각했다.

먹는 것은 나에게 그다지 중요치 않아 하루 한 끼 이상 먹는 일이 거의 없다. 선수시절 주위 사람들은 내가 많이 먹어서 거구의 몸이 됐다고 생각했지만 나는 오히려 체중을 줄이기 위해 항상 소식을 해왔다. 거인병 치료를 받고부터는 더더욱 음식에 대한 욕심을 버렸다. 나로서는 먹는 것보다 외로움에서 벗어나는 일이 더 중요했기 때문이다.

선수시절 나는 농구선수로서 정상에 서야 한다는 욕심을 버리지 못했다. 몸이 의지대로 움직이지 않아 분노하고 자학까지 했다. 나 홀로 외톨이가 되었을 때는 외로움을 이기지 못해 약과 술에 의지했다. 외로움에서 벗어나려면 내가 먼저 외로운 사람들을 찾아가야 한다는 단순한 진리를 몰랐던 것이다.

그 후 모든 욕심을 버리자 지긋지긋하던 위궤양이 깨끗이 사라졌다. 그리고 내 몸에 대한 자학도, 사람들 시선에 대한 두려움도 사라졌다. 한발 더 나아가 내가 이웃에게 먼저 다가가자 그들은 나에게 행복이라는 것을 선물해주었다. 이제 더 이상 바랄게 없는 사람이 된 것이다.

하지만 누군가를 도와주려면 마음도 마음이거니와 돈도 있어야 했다. 그래서 시작한 것이 실밥 자르기 부업이었다. 동네 할머니들이나 아주머니들까지 불러모아 함께 양말의 실밥 자르기를 했다. 때로는 전자부품을 분리하거나 머리핀에 액세서리 붙이는 작업도 했다.

이렇게 해서 벌어들이는 20만원은 바로 이웃을 위한 것이어서 나에게는 생명과도 같이 소중하다. 둘러 앉아 일할 때 내가 살아온 이런저런 이야기를 하면 모두가 눈물을 글썽거린다. 그들이 나를 친자식, 친자매로 여기기 때문이다.

어느 날 동네 산책을 나섰을 때 나를 알아본 한 중학생이 인사를 했다. 하교길이라 출출할 것 같아 학생에게 간식 사먹으라고 2천원을 건네주었다. 그러자 학생이 손사레를 치며 말했다.

"아뇨. 아줌마도 어려운데…… 병원비에 보태 쓰세요!"

그러면서 저 멀리 달아나버렸다. 순간 나는 가슴이 찡하며 오

히려 내밀고 있던 내 손이 부끄러워졌다.

'저런 어린 학생까지도 남을 배려할 줄 아는구나. 많이 배고플 텐데 나를 생각해주는 마음에 사양하다니……. 저 학생과 같이 따뜻한 마음을 가진 사람들만 있다면 세상이 얼마나 행복할까.'

어쩌다 자정이 가까워 가게에 가다 보면 학원 수업을 마친 학생들이 우르르 버스에서 내린다. 나를 본 아이들은 너나 할 것 없이 인사를 한다. 어떤 아이는 내 뒤에서 키를 재보며 감탄을 한다.

"아줌마, 어떻게 하면 키 클 수 있어요? 난 키가 작아서 왕따예요."

"너희도 나처럼 농구 하면 키가 큰단다. 절대 인스턴트 식품 먹지 말고. 그런데 지금 너희들 배고프겠다. 다 따라와!"

"와우! 아줌마 짱이에요!"

가게에서 빵과 우유를 사와 하나씩 나눠주자 모두들 너무나 맛있게 먹었다.

물론 동네 아이들에게 내가 먹을 것을 많이 사줘서 친구가 될 수 있었던 것은 아니다. 그보다는 사소한 것조차 내가 자세를 낮추었기에 그들에게 다가갈 수 있었다고 생각한다. 그러고 나자 그들은 무조건 내 편이 되더니 한 발 더 나가 내 걱정까지 해준다. 이웃들의 따뜻한 온기는 동짓달 긴 밤이 새도록 내 몸과 마음을 데워준다. 그 때문에 굳이 난방을 하지 않아도 잘 버티는 것이리라.

동생이 지방으로 내려가고 그야말로 외톨이가 되어 첫날밤을 맞이했을 때는 어떻게든 살아야 한다는 생각뿐이었다. 나에게 살기 위해 필요한 것은 빵이 아니었다. 외로움을 채워줄 이웃이 있어야 했고 아픔을 다독거려주는 친구가 필요했다.

그런데 이제 나의 바람은 그것에 한 가지 더 보태졌다. 나에게 살아갈 수 있는 희망을 준 사람들에 대한 감사의 보답이 더해진 것이다. 나의 손길을 기다리고 있는 어려운 할머니 할아버지, 그리고 마음의 벗이 돼주는 이웃들, 누군가 놀아주고 돌보아주기를 기다리는 장애우들에게 내가 그동안 받아왔던 사랑을 돌려주어야 한다. 그것만이 나에게 새 생명을 준 선생님들과 나를 지켜봐준 농구계 선후배들에 대한 도리라고 생각한다.

그 무렵 나는 거울 앞으로 돌아왔다. 이제 외출할 때면 거울 앞에 앉아 화장을 하고 옷단장을 하는 것이다.

예쁜이가 된 코끼리

어느 날엔가 나는 동네 무의탁 할머니들을 집으로 모셔 식사를 대접했다. 할머니들은 내가 만든 해물수제비를 무척 좋아했다. 할머니들이 그토록 맛있어하는 것은 해물수제비 맛 때문은 아니다. 내가 지난날 주변사람들의 관심과 사랑을 갈구했듯 할머니들 또한 누군가의 사랑을 받고 있다는 것과 말벗이 되어주는 사람이 있다는 사실이 더 즐거웠을 것이다.

추운 겨울이 되면 늙은 호박을 구해와 호박죽을 쑤거나 팥과 찹쌀가루로 팥죽을 끓여 어르신들이 많이 계신 곳으로 가지고

나간다. 그런데 찹쌀가루를 반죽해 내 큰 손으로 새알을 만들다 보면 덩어리가 커질 수밖에 없다. 그러면 팥죽을 드시는 어르신들은 새알이 아니라 달걀이나 타조 알만하다고 재미있어하며 한바탕 웃음꽃을 피운다.

나는 젊은 시절 운동할 때는 합숙소 생활을 하느라 가족과 단란하게 지내는 일이 드물었다. 주말이라고 집에 와도 피곤해 잠만 자기 일쑤였다. 내 몸이 성치 않다 보니 가족에게 짜증내는 일이 다반사였고 웃을 일이 별로 없었다. 그러나 요즘의 나는 입가에 웃음을 달고 산다. 할머니 할아버지 그리고 이웃들은 내 단칸방을 희망의 충전소로 바꾸어놓았다.

홀로 외톨이가 되어 지낼 때는 한낮에도 커튼을 치고 세상의 빛을 차단했다. 커튼이 깊게 드리워질수록 마음과 몸의 통증도 깊어졌다. 낮에는 빛이 싫었고 밤에는 어둠이 두려웠다. 소파는 오랜 세월 내 몸의 중력을 이기지 못해 푹 꺼져버렸다. 식음을 전폐한 채 앉아만 있었으니 가죽천이 닳고 닳아 이제는 누더기가 됐다.

하지만 요즘의 나는 짧은 해를 아쉬워하며 아침마다 커튼을 활짝 열어젖힌다. 그리고 오늘도 행복 가득 실은 햇살들이 오래오래 내 방에 머물기를 원한다.

선수시절 '코끼리'로 불렸던 나는 오정동에 살기 시작하면서 '예쁜이'라는 새로운 별명을 얻었다. 동네 어르신들이 하나둘 부르기 시작하던 것이 이제 아예 호칭으로 굳어졌다. 그런 별명이 붙자 집 밖을 나설 때면 몸치장에 더욱 신경을 쓴다.

이제는 예전같이 내가 무서워 피하는 사람들보다 따뜻하게 맞아주는 사람들이 더 많다. 몸을 낮추고 그들에게 먼저 다가간 결과이다. 몇푼 안 되는 돈일망정 그것으로나마 그들에게 내 마음을 보이자 그 이상의 훈훈함이 되돌아왔다. 이렇듯 마음이 포근하니 세상이 너무나 포근하게 느껴진다. 사람은 자신이 베풀었던 배려만큼 자신을 지킬 수 있다고 생각한다. 배려가 피어올린 인정의 꽃밭에서 나는 오늘도 열심히 화초를 가꾼다.

내 옆에는 늘상 여든다섯 살 된 경호원 할머니가 붙어 다닌다. 바닥에 앉으면 혼자서는 일어서기가 힘이 들어 그럴 때마다 경호원 할머니가 나를 부축해준다. 내가 병원이나 경기장에 갈 때면 할머니가 내 가방을 들고 옆에 따라 나선다. 길 가다 모르는 사람들은 우리를 보며 "엄마는 작은데 딸은 왜 이리 크냐"고 말을 걸어오기도 한다.

할머니는 몇 년 전 두 아들을 잃었다. 당신도 몸을 다쳐 3개월 넘게 누워 있었다. 그때 내가 할머니를 찾아가 밥도 하고 빨래도 해드렸다. 이것이 인연이 되어 그후 할머니와 나는 모녀처럼 지내고 있다.

어느 날 외출했다 집으로 돌아온 할머니는 당신이 돌아가시면 장기기증을 약속하고 왔다는 것이다.

"어떻게 그런 결정을 하실 수 있었어요?"

"내가 영희에게 이렇게 도움을 받고 사는데, 나도 죽어서라도 좋은 일을 해야 될 것 같아서 그런 거여."

이제 이 코끼리는 보통사람들과 함께할 수 있다는 것만으로도

더 없이 행복한 나날이다. 1987년 뇌종양 수술 후 선수로서의 생명을 마감해야 했던 그 시절이 이제는 옛 추억이 되어 가끔씩 떠오른다. 큰 키를 원망도 했고 거대한 모습으로 인해 세상을 등지며 살아야 했기에 농구에 대한 미련마저도 버려야 했다. 그렇게 지나가버린 15년이란 긴 세월은 혹독한 시련기였다. 그러나 이제 잃어버린 15년에 대한 안타까움과 아쉬움마저 훌훌 털어버리고 나니 평온함만이 마음 가득하다.

'그래, 나도 할머니처럼 하자. 내가 베풀 수 있는 것은 모두 베풀다 가는 거다. 나는 가고 없어도 내 장기로 누군가를 살릴 수만 있다면 이보다 더한 보람은 없을 거다. 세상이 나를 이렇게 행복하게 해주는데 장기인들 못 내놓을까.'

나도 장기를 기증하기로 마음을 먹었다. 동생 가족이 강하게 반대했지만 이미 내 결심은 확고했다.

지난 추석 때는 동생 집에 가지 않고 명절이 되어도 오갈 데가 없는 이웃 할머니들과 함께 지냈다. 쌀 10kg을 빻아 할머니들을 동네 미용실 안방으로 오시라고 했다. 미용실 원장님도 어려운 사람 돕는 일이라면 나보다 먼저 나서는 사람이다. 내 머리도 돈을 받지 않고 다듬어주곤 한다.

송편을 만드는 할머니들은 마치 열여섯 소녀들처럼 깔깔대며 마냥 재미있어했다. 그날 먹은 송편은 세상 그 어떤 송편과도 비교할 수 없는 것이었다. 남은 쌀가루는 할머니들에게 골고루 나누어 드렸다.

이제 웬만큼 내 생활을 알고 있는 어르신들은 나를 보면 내 걱
정부터 한다.

"어이 농구선수! 안녕하시우? 요즘 건강은 어때?"

나도 환하게 웃으며 대답한다.

"네, 덕분에 아주 건강해졌습니다. 할아버지도 건강하시죠?"

"물론이야. 영희 덕분에 나도 많이 건강해졌어. 근데 요즘은
잘 먹는가?"

"저는 안 먹어도 배 부른 사람이에요."

"끼니까지 거르면서 남 돕는 사람이 세상에 또 있을라구…….
아무튼 대단한 사람일세."

나는 요즘 배 고픈 것을 모르고 지낸다. 이웃의 이런 따뜻한
한마디가 바로 나의 양식이기 때문이다.

장애우와의 만남은 내 행복의 원천

내가 많은 사람들로부터 도움을 받는 만큼 베품도 생각해야
했다. 이리저리 알아본 끝에 정부나 사회단체로부터 일체 지원
을 받지 못하는 장애우 수용시설을 찾아갔다. 경기도 광명시에
있는 '사랑의 집'이었다.

이곳은 건물을 짓다 말아 방이 부족해 장애우들이 새우잠을
자야 했고 비가 오면 천장에서 비가 줄줄 흘러내렸다. 더구나 이
곳 부지가 시유지여서 조만간 집을 철거해야 하는 딱한 입장에
놓여 있었다. 50여 명의 장애우들을 보살피는 목사님의 걱정이

태산이었다.

나는 떡, 과일, 음료수 등을 잔뜩 사가지고 '사랑의 집'을 찾았다. 양말 실밥 떼내는 부업을 해 모은 돈을 목사님께 내놓았다. 양말 공장 사장님이 협찬해준 수출용 양말 한 박스와 농구공 20개도 준비했다.

아이들은 키 큰 내가 무서워서인지 곁에 오려고 하지 않았다. 목사님이 '농구선수 누나'라고 인사하라고 해도 머뭇거렸다.

내가 먼저 먹을 것을 나누어주며 아이들이 경계심을 풀게 만들었다. 내 말을 알아듣는 아이들이 "응 응"이라며 즐거운 표정들이다. 그들은 기껏해야 "좋아 좋아"라는 단음절의 대답만 할 줄 알았다. 나는 아이들로부터 아무런 답이 없어도 계속 말을 시켰다.

"너 이름이 뭐야. 올해 몇 살이니?"

"……."

"너 이렇게 큰 공 봤어?"

내가 농구공을 들어올리자 처음에 무서워 달아나던 아이들이 해맑은 웃음을 지으며 다가왔다. 장애우들은 내가 과자나 농구공을 건네주면 입술을 씰룩거리며 "꽈자" "꽁"이라고 단발성의 격한 한마디를 내뱉는 게 고작이었다. 그 아이들은 말을 배울 때가 지났는데도 입 속에서 자음과 모음이 제대로 연결되지 않았다. 그들은 부모의 존재도 몰라 그들에게 '엄마' '아빠'란 처음부터 없는 단어였다.

분위기가 한결 누그러져 나는 한 아이씩 낡은 덧버선을 벗기

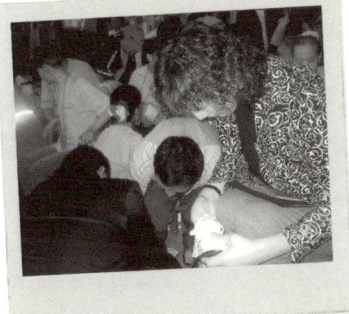

시각장애인들과 함께한 '2006년 장애인
의 날'

이웃 노인들과의 정겨운 시간

내 방에는 힘들 때마다 나를 다잡아주는 격언들
이 자리잡고 있다.

고 새 양말을 갈아 신겨주었다. 그러자 아이들이 내게 다가와 얼굴을 부비며 살가워했다. 말 못하는 아이들은 이렇게 자신의 마음을 나타내었다. 그러나 맑고 환한 표정에는 감사하고 즐거워하는 마음이 역력했다.

장애우와 어울려 지내다 보면 슬픔과 연민의 감정이 몰려온다.

'하루 종일 누워만 있는 저 아이들은 얼마나 걸어다니고 싶을까?'

'말 못하는 저 아이는 얼마나 답답할까.'

다리가 비틀려 있는 한 아이에게 양말을 신겨주기가 쉽지 않았다. 나도 힘이 들었고 아이도 낑낑거렸다. 그런 모습을 대하자 내 눈에서 눈물이 왈칵 쏟아졌다. 선수시절 거구의 몸으로 진통제를 먹으며 코트를 뛰던 내 모습이 아른거렸다. 벤치 멤버로 앉아 내 육신을 원망하며 좌절하던 국가대표 선수시절이 떠올랐다.

깔깔거리며 신이 난 아이들을 바라보는 나는 죄스럽고 미안한 마음이 들었다. 아이들을 통해 예전의 내 아픔은 아무것도 아니었음을 새삼스레 깨달았다. 세상에는 나보다 힘들어도 꿋꿋이 살아가는 사람들이 많은데 나는 어리석게도 그것을 모른 채 스스로를 원망하고 자책했다. 그리고 모든 세상사람들을 미워했다.

낯가림하던 세 명의 여자아이가 이제는 낯을 가리지 않고 내 무릎에 걸터앉아 나에게 볼을 부비며 살가워했다. 아이들과 말로는 대화할 수 없어도 눈빛으로는 대화를 나눌 수 있었다. 열다섯 살의 한 아이는 나와 놀면서 "15년 만에 처음으로 웃었다"며 목사님이 좋아했다.

얼마 후 또 다시 그들을 찾았을 때 이제 낯이 익었는지 아이들은 서로 나서 내 손을 의자로 잡아끌었다. 잘 걷지 못하는 내가 그들이 보기에도 안쓰러웠던 모양이다. 아이들은 말 그대로 천사의 모습이다. 나는 그들과 소통할 수 있는 이것이 바로 행복이라고 생각했다. 그리고 그런 행복의 여운은 며칠이고 내 곁에 머물러 있었다.

장애우 시설을 방문하고 돌아오는 날에는 연민의 감정이 엇갈리며 나를 돌이켜보게 했다. '아이들에 비하면 내 고통은 고통도 아니다. 나는 부모님 사랑도 느껴봤고 주변에 나를 도와주는 사람들도 많다. 그러니 내 능력껏 이 아이들을 돌보아야 한다. 그것이 바로 앞으로 할 일이고 그것이 바로 내가 행복해지는 길이다.'

내가 아는 방송국 직원들에게 부탁해 '사랑의 집' 사정이 전파를 타고 세상에 알려졌다. 마침 광명시장도 바뀌어 '사랑의 집'은 새로이 건물 설립허가가 나고 각 단체의 지원까지 잇따랐다.

그런 가운데 한 가지 흥분할 만한 사건이 일어났다. 동네 시장 골목을 걸어가고 있을 때 남루한 복장의 장애우가 지나갔다. 이것을 본 한 아주머니가 순간 함께 걸어가던 딸의 눈을 가렸다. 어린 딸에게 추한 모습을 보여주고 싶지 않다는 의도로 보였다. 내가 대뜸 나서며 입을 열었다.

"아주머니, 장애인이 무슨 전염병 환자라도 되나요? 만일 아주머니 딸이 시집 가서 장애아를 낳으면 그 심정이 어떻겠어요?

누구든 운 나쁘면 불의의 사고를 당해 한순간 장애인이 될 수도 있는 거잖아요. 이렇게 눈을 가릴 게 아니라 따님 보는 앞에서 장애인 손도 만져주고 다독거려 보내는 게 자식교육 아닙니까. 아주머니가 실수한 거예요."

이러고 있는 동안 동네 사람들이 우르르 내 주위로 몰려들었다. 아주머니가 아무 말 않고 서 있자 동네 사람들이 한마디씩 거들었다.

"맞아, 영희 말이 맞아."

"장애인은 사람도 아이가?"

그러자 아주머니는 얼굴을 붉히며 황급히 그곳을 빠져나갔다.

나 역시 비정상적인 키로 인해 한때 조롱과 멸시의 대상이었다. 초등학교 시절의 어릴 때부터 선수생활을 은퇴한 후 동네에서 들었던 말 한마디에 나는 세상과 단절의 벽을 쌓고 지냈다. 무심하게 던지는 말 한마디가 당사자의 마음을 얼마나 아프게 하는지 당해보지 않은 사람들은 잘 모른다. 장애우들은 마치 큰 죄인이라도 되는 양 멍에를 지니고 살아간다는 것을 너무나 몰라주는 것 같다.

장애우들을 만나면서 내 삶은 더욱 더 활기로 가득 찼다. 그들은 나에게 행복은 누군가 가져다주는 것이 아니라 나 스스로 만들어야 한다는 것을 깨닫게 해주었다. 몸이 나보다 훨씬 더 불편해도 천사 같은 미소를 잃지 않고 꿋꿋이 살아가는 모습은 내게 용기를 주었다. 몸은 온전치 못해도 희망을 잃지 않고 살아가는 그들을 통해 내 삶의 의지가 다시 한 번 불타올랐다.

내 삶의 평온을 되찾았다. 아니, 40대 중년의 나이가 되어 처음 느끼는 평온함이었다. 내 얼굴을 보는 사람마다 '밝은 모습이 보기 좋다'며 인사를 건네오곤 한다. 나는 이제 내가 찾은 이 행복의 비결을 사람들에게 전파하고 싶다.

"인생이 힘들다구요? 먼저 베풀어보세요. 그러면 행복이 찾아온답니다."

오정동에는 천사들이 모여 살아요

광명시에 있는 '사랑의 집'이 어느 정도 자리를 잡아 몇 달 모은 돈으로 마침내 경기도 파주에 있는 장애우 시설을 찾기로 한 날이다. 파주 장애우 시설을 운영하는 목사님은 당신도 휠체어를 타고 다니는 불편한 몸이지만 자신보다 더 어려운 사람들을 위해 빚을 내 이 시설을 만들었다고 한다. 그런데 내가 어려운 이웃을 찾아다닌다는 것을 알게 된 오정동 상인들이 내 일에 동참하기 시작했다.

점심시간에 맞춰 자장면 50인분을 만들어달라고 하자 중국집 사장님이 대뜸 70인분을 준비하겠단다. 내가 50인분 돈밖에 없다고 하자 사장님은 자기도 좋은 일 하자며 오늘 자장면은 자기가 낸다는 것이다.

결국 그러기로 하고 밀가루 반죽과 자장 재료를 차에 싣고 중국집 사장님과 함께 장애우 시설을 찾았다. 50명이 식사했지만 즉석에서 만들어낸 자장면 70인분은 순식간에 동이 났다.

몸이 심하게 불편한 한 장애우가 젓가락으로 면을 집어먹는데 꽤 시간이 걸려 보였다. 그 아이 옆으로 다가가 도와주겠다고 하자 아이는 혼자 할 수 있다며 어눌한 말투로 사양했다. 그 순간 10여 년 전 하루 종일 커튼을 내린 채 소파에 앉아 절망의 늪에서 신음하던 내 모습이 떠올랐다.

저렇게 어린 아이조차 혼자 살아가는 연습을 하는데 사지 멀쩡한 나는 왜 세상의 어둠에 갇혀 우울증에 시달렸을까. 나보다 힘든 사람들도 열심히 세상을 살아가는데 나는 왜 그토록 어리석었는지 후회가 밀려왔다.

아이들은 처음에는 내 큰 키에 압도돼 낯설어한다. 그러다가 내가 먹을 것을 쥐어주며 먼저 마음을 열어 보이면 손을 내밀며 매달린다. 농구공을 던져주면 좋아서 어쩔 줄 모르며 달려든다. 바깥활동이 자유롭지 못하다 보니 그들은 집안에서의 소일거리를 찾는 편이다. 그중 가장 좋아하는 것이 책읽기나 퍼즐놀이다.

만화책이나 퍼즐 그림책으로 함께 놀다 보면 나 역시도 시간 가는 줄 모른다. 퍼즐은 나도 좋아하는 놀이다. 우리 인생이 퍼즐게임인지도 모른다. 시행착오를 겪어가며 하나하나 맞추다 보면 하나의 그림이 완성된다. 쉽게 완성된 퍼즐은 만족도가 낮다. 복잡하고 어려운 퍼즐일수록 성취동기가 높고 즐거움도 크다. 고통과 시련의 조각들이 삶의 의미로 다가올 때 인생은 아름다운 그림이 된다.

돌아오는 길에 중국집 사장님이 환한 웃음을 지으며 말했다.

"영희 씨, 오늘 아주 기분 좋은데요. 앞으로 파주에 갈 때 꼭 연락주세요. 나도 봉사 좀 하겠습니다."

어떻게 알았는지 부천평화꽃예술총연합회의 여순봉 회장님이 내가 하는 일에 동참하겠다는 연락을 해왔다. 나는 여 회장님이 평소 자선바자회 등으로 지역사회에 많은 봉사활동을 하고 있다는 것을 들어 알고 있었다. 이후 회장님은 떡과 과일 등을 푸짐하게 싣고 나와 함께 파주를 찾곤 한다.

이 외에 파주에 가는 날이면 교회에서 내준 봉고차에 동네 마트 사장님이 음료수와 먹을 것을 가득 채워준다. 떡과 과일, 그리고 음료수들은 이렇게 이웃에 대한 사랑이 넘쳐나는 것들이다. 여 회장님은 앞으로 자선바자회를 통한 성금으로 더 많은 일에 동참하겠다며 나에게 용기를 불어넣어 준다.

내가 분식집으로 전화를 걸어 김밥 10줄을 주문하자 20줄이 배달되어 왔다. 전화를 걸어 10줄 주문했는데 왜 20줄을 보냈느냐고 하자 주인 아주머니가 웃으며 이렇게 말했다.

"영희 씨, 나도 예쁜 일 좀 해보려구. 그거 영희 씨가 다 먹으려고 하는 거 아니잖아."

나는 감사의 표시로 흰 종이에 글을 쓴 후 사인을 해서 분식집 벽에 붙여놓았다.

이 음식 먹고 건강이 좋아졌습니다. 사장님, 감사합니다.
하시는 일 매일 대박 터지세요.

아주머니 말에 따르면 이 글을 보고 손님이 더 많이 찾아든다고 한다. 그리고 이것이 주변에 화제가 되어 다른 식당 주인이 자신도 봉사활동 할 테니 사인 한 장 부탁한다는 말을 전해왔다. 손님들이 나를 보고 싶어한다며 자기네 식당을 한번 방문해달라고 요청하는 곳도 있다. 이런 얘기를 들을 때마다 내가 이 동네에서 필요한 사람이 되었다는 사실이 너무나 기쁘다.

사실 오정동 사람들이 돈이 많아 이렇게 이웃들에게 베푸는 것은 절대 아니다. 오히려 그들 대부분은 생활 형편이 그다지 여유 있지가 못하다. 그런데도 그들은 콩 한 알이라도 나눠먹는다는 마음을 실천하며 살고 있는 것이다. 그래서 오정동 햇볕이 세상 어느 곳보다 따뜻한 것인지 모르겠다.

내 나이 아직 스물일곱 살이에요

한 달에 두 번 맞던 주사가 이제 한 번으로 줄어들었다. 이 주사약은 뇌하수체 성장 호르몬의 수치를 떨어뜨려 더 이상 심장이 커지지 않도록 해준다. 주사를 맞고 오면 일주일 동안 너무나 힘든 고통이 따른다. 그러나 마음이 산산이 부서져 신음하던 예전의 고통과는 분명 다르다. 이 정도의 고통은 얼마든지 참아낼 수 있다.

언젠가부터 쇼윈도 속의 예쁜 옷과 신발에 눈길이 가곤 한다. 그러나 욕심과는 달리 너무나 커버린 내 몸에 맞는 옷과 신발은 없다. 내가 다시 여자로 태어나고 싶은 욕망은 거울 앞에서 번번이 좌절당하고 만다. 항공모함 같은 큰 발로 인해 신발 역시 맞춰 신어야 하는데 어느 업체도 만들어주기를 난감해한다.

은퇴 후 몇 년 동안 선수시절 신던 농구화를 떨어질 때까지 신었다. 몇 군데 신발 공장을 돌아다녀보았지만 특수제작을 해야 하기 때문에 돈을 줘도 어렵다는 것이다. 그러다 우연히 들른 한 매장에서 내 신발을 만들어주겠다고 했다. 내 신발 한 켤레 만드는 데 들어가는 비용이 만만찮을 텐데 그들은 기꺼이 해주겠다는 것이다. 이렇게 해서 나는 또 한번 세상사람들의 은혜를 입게 되었다.

병원 가는 날에는 옷단장을 하고 미장원에 가서 머리도 만진다. 미용실 원장님이 어디 가느냐고 물어 내가 한쪽 눈을 찡긋하며 말했다.

"남자 사냥 하러 가. 내가 윙크하면 남자 걸리겠어?"

원장님도 응수를 한다.

"너 무서워서 좋다는 사람 있을까? 네 발만 봐도 도망가겠다."

이제는 그런 말을 들어도 얼마든지 웃어넘길 수 있을 만큼 나는 매일매일이 행복하다. 죽음의 문턱을 몇 번이나 들락거리고 마음을 모두 비우고 나니 그 어떤 두려움도 물리칠 수 있다는 자신감이 생겼다.

모처럼 경기장 가는 날에도 대중교통을 이용하기가 쉽지 않다. 버스나 지하철을 타는 게 거구인 나에게는 버겁기만 하다. 그렇다고 내 형편상 택시는 요금이 부담스럽다. 그런데 한국여

자농구연맹 총재님이 경기장 찾는 날이면 택시비까지 지원해주어 어렵지 않게 경기장을 오갈 수 있게 되었다.

한 달에 한 번 병원 가는 날에도 나는 콜택시를 부른다. 홀로 폐쇄된 생활을 할 때는 택시를 타도 기사와 이야기를 잘 나누지 않았다. 그러나 이제는 기사 아저씨들과 예사로 농담을 나눈다.

"아저씨, 오다 보면 키 큰 여자가 서 있을 텐데 전봇대로 착각하고 그냥 지나치시면 안 됩니다."

"키가 몇인데요?"

"예, 2m하고도 5cm가 더 붙었거든요. 히히히, 얼마 안 크죠? 혹시 심장이 약하면 청심환이라도 미리 드시고 오세요."

예상대로 나를 본 기사 아저씨의 표정이 불안해 보인다. 이럴 때를 대비해 가방에 먹을 것을 넣어 다닌다.

"기사님, 이거 하나 드세요. 혹시 어젯밤에 코끼리꿈 꾸지 않았나요?"

"글쎄요……."

"기사님 요즘 힘드시죠? 운수업은 운수에 달려 있지 않습니까. 오늘 아저씨는 운 좋은 날이라서 대박 날 겁니다."

그제서야 기사는 긴장을 풀고 이야기 보따리를 풀어놓는다.

"혹시 농구선수 김영희 씨 아닙니까?"

"네, 저를 알아보시네요."

"물론이죠. 당시 엄청 인기있었잖습니까. 그런데 이제 나이가 꽤 됐을 텐데……?"

그러면 나는 예전 습관대로 내 나이를 말한다.

"저 스물일곱 살이에요."

아저씨는 내가 왠지 젊어 보여서 물어본 거라며 고개를 끄덕인다.

"사실은 제가 아픈 것이 오히려 전화위복이 돼서 그래요. 그런데 기사 아저씨는 몇이세요?"

그때부터 나는 기사를 '오빠'라 부르고 이런저런 이야기를 나누며 목적지까지 가곤 한다.

내가 사는 모습이 방송을 통해 알려지면서 나를 지원하는 택시기사팀이 생겼다. 그들 여섯 명은 모두 가톨릭 신자들로서 '일심회'를 만들어 봉사활동을 하고 있다. 나이 많은 사람은 삼촌이라 부르고 나머지는 모두 오빠라 부르는 사람들이다.

내가 "삼촌, 경기장 가요"라고 전화하면 가장 가까이 있는 사람이 우리 집앞으로 달려온다. 이외에 또 다른 기사 세 사람은 모두 한국화장품에 근무했던 사람들로서 나를 마치 친동생처럼 도와주고 있다.

저, 미스코리아 출전하려구요

내가 생각하는 행복의 조건은 더불어 살아가는 일이다. 세상의 모든 것을 얻은 것 같은 지금 이 순간의 행복은 그냥 이루어진 것이 아니다. 지난 15년 동안 너무나 커버린 거구의 모습은 세상사람들의 웃음거리가 되었고 아이들의 놀림감이 되었다. 사람들이 무심코 내던지는 말은 가슴에 상처가 되어 삶의 의미를

잃어버리게 만들었다. 세상사람들의 외면과 냉정함 속에서 나는 외로움의 시련을 견뎌야만 했다. 그것을 지켜볼 수밖에 없었던 어머니는 나 홀로 헤쳐나가야 하는 인생의 앞날을 누구보다 번민하셨을 것이다. 나는 그런 어머니의 깊은 마음을 헤아리지 못하고 마냥 투정만 부렸다.

어머니 떠나가신 지 이제 10년. 가슴속에 그대로 남아 있는 어머니 모습과 당신의 말씀이 늘상 내 머릿속을 맴돌고 있다.

"내가 먼저 고개 숙이고, 내가 먼저 마음을 열어 베푸는 삶을 오래토록 행하다 보면 더불어 살아가는 삶이 되는 것이다."

선수시절에는 승리하는 자만이 살아남을 수 있었기에 양보라고는 없는 치열한 경쟁뿐이었다. 그러나 내가 발을 내디딘 세상은 결코 경쟁만으로 살아가는 곳이 아니었다. 나와 함께 존재하는 이웃을 향해 먼저 손을 내밀지 않으면 나는 나, 너는 너에 불과한 곳이었다.

생텍쥐베리의 《어린 왕자》 속의 "세상에서 가장 어려운 일이 무엇일까"라는 구절이 생각난다. 세상에서 가장 어려운 일은 돈이나 명예를 위한 일도 아닌 내 마음을 열고 사람의 마음을 얻는 일이다. 더불어 살아가는 즐거움은 겪어보지 않은 사람은 잘 모른다. 거인병 진단으로 내 목숨이 경각에 달렸다는 말을 듣고 나는 죽음을 선택했다. 나는 그것이 최선의 선택이라고 생각했다. 그러나 그것이 아니었다.

한국 말단비대증재단과 가톨릭대학 성가병원측의 따뜻한 배려가 아니었다면 나는 이미 저세상 사람이 되었을 것이다. 하지만 나는 다시 살아갈 수 있는 생명과 용기를 얻었다.

매달 병원을 찾는 요즘의 나는 예전의 여리고 쉽게 상처 받는 그런 김영희가 아니다. 이제는 어떤 모진 풍파가 휘몰아쳐도 꿋꿋이 견뎌낼 수 있는 진정한 거인 김영희가 되었다.

의사선생님이 "거인병은 얼굴형이 바뀌니까 나중에 성형수술 한번 해보자"고 하신다. 나는 얼굴은 상관없고 몸만 아프지 않으면 만족한다고 말해놓고도 나도 여자라고 미련이 남아 있는 모양이다.

"선생님, 성형수술 하고 나면 10cm짜리 하이힐 신을 수 있을까요?"

선생님이 뜬금없는 내 질문에 고개를 갸우뚱한다.

"저, 미스코리아 한번 출전해보려구요."

지금 내 마음은 이만큼이나 커져 있고 환해져 있다.

장애우들과의 만남 이후 내 마음은 더 부풀어 있다. 의사소통은 제대로 되지 않지만 그들은 침묵 속에서 비상하는 꿈을 꾼다. 그들의 꿈과 희망은 단 한 번이라도 좋으니 온 세상을 마음껏 뛰어보고 훨훨 날아보고 싶은 것이다. 그래도 그들은 좌절하지 않는다. 그리고 세상의 관심과 사람들의 따뜻한 사랑을 갈구할 뿐이다.

내가 겪어야 했던 시련과 아픔은 그들에 비할 바가 못됨을 깨달았을 때 부끄럽기만 했다. 시련을 경험하지 못하면 진정한 삶의 가치를 모를 것이다. 나 역시 먼저 아픔을 경험했기에 남의

아픔도 이해할 수 있었을 것이다.

지금 내가 살아 숨쉴 수 있는 것은 주위 많은 사람들의 도움이 없었다면 불가능한 일이었다. 한때 선수로서 화려했던 시절의 영광은 긴 세월에 묻혀 단지 추억으로 남아 있을 뿐이다. 한국화장품 선수시절 감독님이 늘상 하시던 말씀이 있다.

"인내는 쓰나 그 열매는 달다. 힘든 훈련 뒤에 거둬지는 성과는 더없이 값진 것이다."

살아가는 인생 역시 값진 성과를 위해 힘겨운 훈련에 훈련을 거듭하고 있는 것이라 생각한다.

2006년 8월 KBS TV '피플 세상 속으로' 라는 프로그램을 통해 내가 이웃들과 어울려 사는 모습이 또 한 번 방영되었다. 그때 나는 친구가 마흔네 번째 생일 때 사준 반지를 끼고 나갔다. 태어나 처음 껴보는 반지였다. 나는 이 프로그램을 통해 내 생애 가장 간절한 기도를 올렸다.

나는 교만하거나 화 내지 않으며, 욕심 버리고 시기하지 않을 것을, 몸과 마음으로 베풀고 살아갈 것입니다. 이제 내 인생에도 봄날이 오고 있습니다. 내일도 따뜻한 햇빛을 보게 해주세요.

마음을 열어 베푸는 삶을 살다 보니 세상은 내가 생각했던 것보다 훨씬 따뜻합니다. 내일 또다시 내게 빛과 생명이 주어지리라는 희망이 있기에 이 밤 두렵지 않습니다. 희망은 내게 고통을 극복하게 하고 죽음의 유혹에 시달리는 내 삶을 변화시켰습니다. 희망은 신이 주신 축복입니다. 언제까지나 이 축복의 샘이 마르지 않게 해주십시오.

한때 코트 밖에서의 내 몸은 저주의 대상이었다. 그러나 내가 밝은 빛을 볼 수 있도록 세상사람들이 나를 도와준 것은 바로 내 몸 때문이었다. 그리고 그 몸 때문에 나보다 더 불우한 사람들에게 베풀면서 정을 주고받을 수 있었다.

만일 내가 평범했더라면 지난날과 같은 불행도 없을 테지만, 불행 뒤에 맛보는 지금과 같은 엄청나게 큰 행복도 없었을 것이다. 몸은 심장이 멈출 때 끝나지만 우리 영혼은 희망을 잃을 때 잠들어버린다.

나는 이제 희망을 잃지 않는다. 희망은 늘 고통 언덕 너머에서 손짓하고 있다는 것을 깨달았기 때문이다.

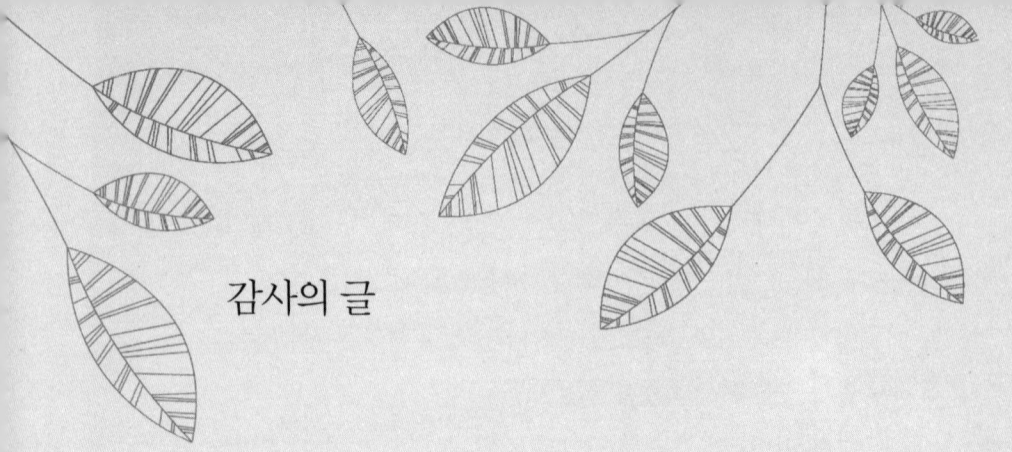

감사의 글

　농구선수로 활약하다 은퇴한 스물일곱 살 이후 어느덧 20여 년이 흘렀다. 그 사이 병마와 함께 나 자신과의 싸움에 져 좌절하고 세상사람들에게 상처 입은 순간도 많았지만, 결국 나를 일으켜준 것은 사람이었다.

　내게 용기와 희망을 주고 새로운 삶을 살게 해준 수많은 분들께 감사드리며, 특히 이 자리를 빌려 몇 분께 그동안 못했던 말을 전하고자 한다.

　나를 실업팀에 발탁해주신 한국화장품의 임충헌 회장님은 유난히 여자농구를 아끼는 분이었다. 키만 컸을 뿐 농구선수로서는 현저히 느렸던 내가 크게 활약하지 못해 경기에 패했을 때도 회장님은 어깨를 다독이며 용기를 불어넣어 주었다.

　그리고 뇌종양 수술 후 불운의 은퇴를 하게 된 나의 살 길을 위해 두말없이 화장품 대리점을 열어주었다. 결국 기대에 부응

하지 못하고 얼마 지나지 않아 대리점을 접어야 했지만 그때 회장님의 따뜻한 배려는 언제까지나 마음에 남아 있을 것이다.

또한 한국화장품 전 직원은 아픈 몸으로 회사를 떠나는 나를 마음에서 우러나오는 위로와 함께 성금을 모아 내 앞길에 힘을 실어주었다. 이후 한국화장품을 그만둔 후에도 나 한 사람을 위해 모임을 결성해 오늘날까지 줄곧 경제적으로 지원해주고 있는 많은 분들의 고마움은 말로 다할 수가 없다.

거인병에 걸려 힘겹게 살아가는 내 모습을 안타까워한 한국여자농구연맹 김원길 총재님은 내 마음에 희미하게 남아 있던 농구에 대한 열정에 다시금 불을 붙여주었다. 비록 전성기를 길게 누리지 못하고 코트를 떠난 나지만 나는 언제까지나 농구선수이다. 김원길 총재님이 그런 나를 경기위원으로 임명하면서 농구계와 다시 이어준 것이다. 그때 총재님이 하신 말씀을 잊을 수가 없다.

"영희야, 네가 겪은 아픔을 좀더 일찍 알아차리지 못해 미안하구나. 이제부터라도 계속 경기장에 나와 후배들의 경기를 지켜보며 다시 삶의 희망을 찾기 바란다."

그 후로 경기장 가는 날을 손꼽아 기다리곤 한다. 총재님의 따뜻한 마음이 없었다면 경기장에서 나를 반겨주고 가족처럼 포근하게 대해주는 농구 관계자들과 선후배들도 만나지 못했을 것이다.

평소 여자농구 발전에 앞장서왔던 스포츠토토 오일호 사장님께도 이 자리를 빌려 인사드려야 할 것 같다. 오일호 사장님은 선수시절 나에게 늘상 격려를 아끼지 않았고, 내 앞에 큰 시련이 닥쳤을 때는 경제적인 큰 도움과 함께 고통을 나누어 가졌다.

내가 새 생명을 얻은 건 가톨릭성가병원 내과 유순집 교수님과 강동성심병원 내과 김두만 교수님, 한국말단비대증재단 김선우 이사장님 덕분이다.

2002년 11월 거인병 진단을 받은 나는 더 이상 살고 싶지 않았다. 막대한 치료비도, 의지할 부모도, 병마와 싸울 용기도 없었던 나는 조용히 세상과 작별할 준비를 했다. 그때 내 처지를 안 병원 관계자분들은 한 달에 수백만 원씩 드는 병원비를 보조해주겠다며 나를 설득했다. 완전히 고칠 수는 없지만 삶을 포기해선 안 된다고……

병원비 문제도 그렇거니와 나와는 생면부지의 사람들이 나를 위해 진정한 마음으로 애써주는 게 얼마나 감사했는지 모른다.

이분들 외에도 감사할 사람들이 너무 많다. 나를 딸처럼 아껴주는 할머니·할아버지들을 비롯해 한참 어린 고등학생이지만 때론 나보다 어른 같은 현주, 처음엔 나를 괴물이라고 놀렸지만 이제는 누구보다 잘 따르는 동네 꼬마들, 언뜻 보면 내가 도움을 주는 것 같아도 그보다 더 큰 마음을 베풀어주는 장애우 시설 사람들, 봉사를 위해 함께 나서주는 오정동 사람들, 대중교통을 이용하지 못하는 나를 위해 내 발이 돼주고 있는 택시 기사 아저씨들, 그리고 나에게 너무나 소중한 동생과 올케……

나는 지금 이분들이 나눠주는 사랑을 먹고 살고 있다. 어떤 말로도 감사한 마음을 모두 표현할 수 없겠지만 받은 사랑을 다른 사람들과 다시 나누겠다는 것만은 분명 약속 드릴 수 있다.

그것만이 사랑으로 새 생명을 얻은 김영희가 은혜에 보답하는 길이라 믿는다.